ベリーズ文庫

医者嫌いですが、エリート外科医に双子ごと溺愛包囲されてます!?

日向野ジュン

STARTS
スターツ出版株式会社

目次

医者嫌いですが、エリート外科医に双子ごと溺愛包囲されてます!?

プロローグ…… 6
失敗は成功のもと…… 9
あなたをもっと知りたくて…… 31
素直な気持ちに寄り添うとき…… 44
彼女の笑顔に触れるたびに…… 貴悠side …… 61
生まれて初めての恋…… 67
夢のような時間は彼の腕の中で…… 87
二度あることは三度あるというけれど…… 108

俺の人生は俺が決める　貴悠 side …… 139
再び動きだす心と初めて知った真実 …… 151
家族になるということ …… 193
夢のような現実は最高の幸せ …… 233
エピローグ …… 250
特別書き下ろし番外編
世界で一番幸せな家族 …… 256
あとがき …… 268

医者嫌いですが、エリート外科医に
双子ごと溺愛包囲されてます!?

プロローグ

間接照明に照らされた部屋の中央にあるキングサイズのベッドの上に組み敷かれ、妖艶な眼差《まなざ》しで見下ろされると、心臓の鼓動が激しさを増す。

「美尋《みひろ》……」

耳もとで甘くささやくように名前を呼ばれると体の中心が疼《うず》き、初めての感覚に気恥ずかしさから固く瞼《まぶた》を閉じた。

「目を開いて、俺を見て」

彼の口調は甘くやわらかい。しかしどこか有無を言わせない強さもあって、逆らえない私はゆっくりと目を開けた。その刹那――。

互いの瞳と瞳が絡まり、感情の込められた熱い視線に引き込まれてしまう。

彼から目が離せない……。

その間も彼の大きくて熱い手は、まるで壊れ物を扱うかのように私の体を撫《な》でていく。

このままどうなってしまうのか。それがわからないほど子どもじゃない。でも胸の高鳴りは激しくなる一方で、呼吸ができなくなってしまいそうだ。

「ま、待って……」

「悪い。もう待てない」

考えるよりも先に言葉が漏れた口を、彼に激しく塞がれる。慣れないキスに戸惑いながらも、それを必死に受け入れた。

何度も繰り返されるキス。わずかに開いた隙間から入ってきた舌が私の舌を探しあて、荒々しくからめとる。

「んんっ……」

自分の口から出たとは思えない甘い嬌声《きょうせい》。

いままで以上に息が上がり、寝室にふたりの息遣いが響いた。湿った舌が私の体を這《は》い、霞《かすみ》がかかったように意識がぼんやりとし始める。

甘くて、熱くて、全身が溶けてしまいそう……。

胸の頂を舌でもてあそばれると感じたことのない快楽の波に襲われて、ひときわ大きな声が漏れた。

「あ、ああっ……はぁ……」

彼の熱い舌がゆっくりと下へと目指して這っていき、骨ばった長い指が一番敏感なところに触れると体が大きくのけ反った。
キスされたところが、触れられたところが、甘く痺《しび》れてなにも考えられない。
そしてこの夜。私は彼に身も心も捧《ささ》げた——。

失敗は成功のもと

厳しかった夏の日差しも、秋風と共に和らいできた九月下旬。十五時を過ぎ、薄いブルーの空には、うろこ雲が広がっている。

「美尋ちゃん。そこの器を出し終わったら、買い出しに行ってきてくれる？」

「はい、わかりました」

『料亭絹華《きぬか》』の女将《おかみ》である安田《やすだ》明子《あきこ》さん、通称アッコさんに頼まれて、私、海野《うんの》美尋は器を準備する手の動きを速めた。作業台の上に器をキッチリ並べ終えると厨房から出て更衣室へと向かった。

私が働いている絹華は昭和初期にアッコさんのご両親が鶏料理の店として開業。第二次世界大戦のときに一度休業したが戦後昭和二十年代に再開し、その後アッコさんが継いで現在に至っている老舗料亭だ。

大正初期に建てられた数寄屋造りの母屋と隣接する大正モダンな洋館からなる店内は、貴重な屏風《びょうぶ》や掛け軸、日本画が飾られていて、さながら美術館のよう。

客間は全部で七つあり、どの部屋も十名までがゆったりと利用できる。また各部屋には空や風の色にちなんだ言葉がつけられていて、それに伴いそれぞれに部屋の趣が異なる。どの部屋からも庭園の木々や花々が眺められ、季節の移ろいを感じながら食事を楽しむことができる。

料理は地のものはもとより全国各地から選《え》りすぐった海の幸・山の幸を取りそろえ、それを丁寧に調理し彩りも鮮やかに盛りつけ、極上の日本料理をお客様に提供している。

雑誌にもよく取り上げられていて、数カ月先まで予約で埋まっている〝国内で今一番予約が取れない店〟としても有名な料亭なのだ。

今年六十歳になるアッコさんは仲居としての知識も豊富で『料亭の仲居になるなら、その味を知らないで給仕はできない』と、絹華に入社した当時にご馳走《ちそう》になった。けれどそのときは初めて口にする高級料亭の一番高い会席料理に緊張しすぎて、その味を楽しむことができなかった。でもそのあと料理長が『美尋は痩せすぎだから、もっと食え』と試食用の料理を食べさせてくれて、絹華の本当の味を知り感動したのは今でもはっきりと覚えている。

入社してから三年。裏方として仕事をしながら仲居としての給仕や接待の仕方を学び、今年の七月にアッコさんからお墨付きを得ることができて、近々仲居として本格デビューすることになっている。二十五歳にしてやっと念願がかなうのだ。

鼻歌まじりにTシャツの上にカーディガンを羽織り、買い出し用の大きなカゴバッグを持って店の裏口から外に出た。

買い出しに行くのは、近所のお豆腐屋さん『角谷《かどや》』。毎日できたての豆腐を納品してもらっているのだけれど、今日は少し足りなくなってしまったみたいだ。

普段足りないものがあったときは店主のおじさんが持ってきてくれるのだけれど、今日は出かけているという。そういうときは私の出番で、豆腐や油揚げ、がんもどきなんかを取りに行っている。

「こんにちは、絹華です。お豆腐をいただきにまいりました」

「あら、美尋ちゃん。悪いわね。女将さんから連絡もらってるわよ。今持ってくるから、ちょっと待っててね」

店主の奥さんはそう言うと、店の奥に引っ込んでいく。奥さんは脚が悪く、店番はできるけれど納品に行くのは大変なのだ。

しばらく待っていると、暖簾《のれん》から奥さんが顔を出す。

「はい、これ。頼まれたお豆腐と大判の油揚げね。ここに入れればいい？」

「お願いします」

奥さんは私が持ってきたカゴバッグに、手際よく豆腐を入れていく。料理長たちを待たせてはいけないと、私はそれを持ってその場をあとにする。

豆腐屋を出ると、どこからか男性の怒鳴り声が聞こえ辺りを見渡した。すると隣にある公園の出入り口に人影が見えて、少し近づくと小学生くらいの男の子が中年の男性に怒られていた。

最初は親子かなとも思ったけれど、どうも様子がおかしい。

耳をそばだてて聞くと、どうやら転んだ拍子に男の子の持っていた缶ジュースが男性にかかってしまったようだ。男性は小学生相手に怒り心頭で「洋服代を弁償しろ」と恫喝《どうかつ》しているから、私はポケットからハンカチを取り出して男性に差し出した。

「これで拭いてください。相手は小学生ですし、ジュースなら洗濯で済みますよね？」

「なんだ、お前は？　こいつの母親か？」

「い、いいえ、違いますけど……」

小学生の男の子が脅迫まがいのことを言われていて、放ってはおけなかったのだ。

でも、それがいけなかった。

男性は私のキッと睨《にら》みつけ、「洗濯？　そういうことじゃないだろう」と怒りの矛先を私に向けた。

「なぁ、お姉ちゃん。関係もないのに首突っ込んできて、ハンカチ渡すだけで終わろうなんて、そんなこと思ってないよな？」

なんて絡まれて、どう答えていいものか対応にしどろもどろになってしまう。

年のころは四十代だと思われる男はニヤニヤしながらそばに来て、私の肩を抱いた。

男性のなれなれしい態度に、体中に嫌悪感が走る。

「や、やめてください。私になにをしろって言うんですか？」

確かに私は部外者で関係ないけれど、だからといって肩を抱くとかお門違いも甚だしい。気持ち悪さに離れようとしても男の力は思ったよりも強く、なかなか振り払うことができない。

「じゃあお詫《わ》びってことで、食事にでも付き合ってもらおうか。そのあと時間があるなら——」

私が睨みつけても男はまったく気にせず、薄ら笑いを浮かべて顔を近づけてきた。

ここでひるんでは相手の思うつぼ、そう思うのに恐怖心が増していく。どんどん近づいてくる男に身を竦《すく》ませながらも体をのけ反らせ、でもそれも限界かと目をつぶろうとした……そのとき。

私の目の前にスーッと腕が伸びてきて、私を抱え込むようにして男の体から引き離す。なにごとだと思う間もなく、そのまま抱きしめられてしまった。腕の中から恐る恐る見上げると、一八〇センチはあるであろう長身の男性と視線が合う。

どちら様？と首をかしげた私に——。

「俺の話に合わせろ」

彼が耳打ちした。

俺の話に合わせろとか、どういうこと？

見知らぬ男性の偉そうな態度に少々苛立ちを覚えながらも、今の私にとってこれはチャンスかもしれないと思い、わけがわからないまま頷いてみせる。途端、彼に腰を引き寄せられてますます密着するから、驚愕《きょうがく》して彼をぽかんと見つめてしまう。

「おい！　なんだ、お前は？」

いきなり出てきた男性に私を取られてイラついているのか、男は憤慨したように息巻いた。

これはまずいんじゃないかと思っても、彼の表情はなにひとつ変わらない。でも少しだけ口角を上げた。

「すみません。妹がご迷惑をかけてしまったようで、申し訳ありません」

「は？　妹……」

男性の口から妹という言葉が出て、男はまずいと言わんばかりに動揺し始める。私も私で、いきなり妹と言われて首をかしげた。

でもすぐに、その意味を理解する。

そうか。彼が言った『俺の話に合わせろ』というのは、このことだったんだ。

自分が置かれている立場も忘れて、私を見つめる綺麗《きれい》な双眸《そうぼう》に見入ってしまう。

「妹は昔から正義感が強いというか、お節介というか、私もほとほと手を焼いていて。ほら、お前もちゃんと頭を下げろ」

どこからか見ていたのだろう、男性はそう言うと大きな手で私の頭をポンポンと撫でた。二十五歳にもなって子ども扱いされるのは面白くないけれど、これはお芝居で本当の妹じゃないのだから仕方がない。

「はい」と頷く私を見て男性はニコリと笑みをたたえると、もう一度男に向き直る。

私も彼に合わせて真っすぐに前を向いた。

「本当に申し訳ありませんでした。妹のことはきつく注意しておきますので、今日のところはこれで勘弁してはいただけませんでしょうか？」

男性はビジネスバッグから財布を取り出し、男に三万円を手渡した。男性の丁寧な謝罪にこれ以上絡んでも無駄だと思ったのか、男は現金を受け取ると「あ、あぁ」とひと言残してその場を去っていった。

まだ心臓はバクバクしているものの、とりあえず男がいなくなったことに心から安《あん》堵《ど》する。ホッとして目に涙がたまり、同時に彼から解放された。

「あ、ありがとうございました。あ、あの、お金は――」

「俺が勝手にやったことだ、そのことは気にしないでいい」

「すみません。ありがとうございます」

深々と頭を下げた私の頭に、男性の手がのせられる。

「さっきも言ったが、お節介も大概にしろ。いいか？」

「は、はい。以後、気をつけます……」

まだお芝居の続きのように言われ、でも兄がいたらこんな感じかもと思いを巡らせる。

「本当に助かりました。あの、私のできる範囲で申し訳ないですけど、なにかお礼をさせてください」

「別に礼をされるほどのことをしていない」

「でも……」

話を続けようとしていたそのとき、男性のスマートフォンが鳴る。

「悪い、職場からの呼び出しだ。ここで失礼する」

スマホの画面を見た彼はそう言うと私を一瞥《いちべつ》し、でもなにも言わないまま走っていってしまった。すぐの交差点を曲がり、あっという間に姿が見えなくなる。

「お礼がしたかったのに……」

男性の名前も連絡先も聞くことができず、私はがっくりと肩を落とした。


数日後、私は仲居としてデビューした。それからというもの、緊張の毎日だ。

私たち仲居の顔がお客様にとって絹華の第一印象になるのだから、最高の笑顔でお出迎えすること――。

そんなアッコさんの教えをしっかりと胸に刻み、それは仲居としてデビューしてからも忘れないよう常に心がけている。

「美尋ちゃん。顔、引きつってるわよ」

そう言って、アッコさんに両頬を軽く挟まれた。

「アッコさん、やめてください」

「仲居としては新人でも、絹華で働き始めてからもう三年よ。しっかりしなさい」

「それは、そうですけど……」

アッコさんの言うことは、いつも正しい。

彼女の言う通り、お客様をお迎えするのは今日が初めて……というわけではない。仲居としてデビューする前からもアッコさんついて何度も経験させてもらっていて、今からお迎えするお客様も常連さんで数回だが顔も合わせている。

だから、さほど緊張しているわけではない。

しかし仲居の正装、〝着物〟でのお迎えはいまだに慣れなくて、粗相をしてしまわないか心配で仕方がないのだ。

「大丈夫。普段通りの美尋ちゃんでいいのよ。もしなにか失敗しても私がちゃんとフォローするから、大船に乗ったつもりでドンと構えてなさい」

アッコさんはそう言って、胸を大きく張ってみせた。

「はい。ありがとうございます」

アッコさんの頼もしい言葉にいくらか気持ちが軽くなって、自然と笑顔が戻ってきた。

彼女いわく『美尋ちゃんは娘のようなもの』だそうで、いつもこんなふうに子ども扱い。でもそこに愛情があることを知っているから、信頼できる心強い存在だ。

――今から十二年前。

私は母を病気で亡くしている。

母に病気が見つかったのは、私がまだ中学生になったばかりのころ。明るい性格の母は苦しい治療にも負けず完治することを信じて闘病生活を送っていたが、一年後に病状が急変。これから数時間が山場だと先生に言われ、すぐに父に連絡をした。でも医者の父は『今は自分の患者から離れることはできない』と母のところに駆けつけることはなく、私ひとりで母の最期を看取った。

母ばかりに家を任せ家庭を顧みない、母の最期にも来なかった父のことは、それ以来信用していなかったし嫌悪感すら抱いていた。

顔も見たくない、口もききたくない……。

そんな思いもあってすぐに家を出たい——そう思っていても、まだ学生だった私にはどうすることもできず、父親に医療の道を強要されて大学卒業までは実家で暮らした。

けれど卒業後は父に頼らず自立したいと申し出て就職と同時に実家を離れ、絹華が用意してくれたアパートでひとり暮らしをしている。

半ば父に強制されて医療系の大学に進んだけれど、アルバイト先は自分で探し、勉強の傍らカフェで働くことになった。初めは父への反抗心から医療とは全然違う業種を選んだものの、アルバイトで接客を経験したことがきっかけとなり、直接お客様と接することができる仕事がしたいと絹華に入社することを決めた。

しかし絹華での接客はアルバイトのときとは違い、着物の着方やヘアメイクはもちろんのこと、言葉遣いや所作などすべてにおいて一流を求められ、自らスキルを高めていかなければいけない。接客やお料理の説明ひとつをとっても先輩たちの言動を参考にし、アドバイスを心に刻んでレベルを高められるように日々精進している。

そんな私にとって大先輩のアッコさんは第二の母親のような人。だからプライベートでは甘えてしまうことも多いけれど、仕事ではそうは言っていられない――。

今日も笑顔で、しっかりとお客様をお出迎えしなければ……。

自分にそう言い聞かせ、気合を入れ直し姿勢を正した――そのとき。

広い玄関の先にある数寄屋門前の車寄せに、黒塗りの高級ハイヤーが横づけされる。

玄関から出て少し重い格子状の引き戸を開けると、アッコさんと一緒に丁寧に頭を下げた。

「近衛《このえ》様、いらっしゃいませ。お待ちしておりました」

耳に心地よい声でアッコさんが挨拶をすると、高級ハイヤーから恰幅《かっぷく》のいい、それでいて人のよさそうな男性が顔を出す。

「女将、いつも世話になるね。今日は新顔も連れてきたから、もてなしてやってくれ」

「かしこまりました。では、どうぞこちらへ」

今日の会食は近衛様からの予約で、気心の知れた仲間が数人集まると聞いている。

案内するのは『初茜《はつあかね》の間』。

初茜とは元旦の朝、初日の出が見えるその直前、茜色に染まった東雲《しののめ》の空を表現した言葉。絹華の客間の中でも、とくに『初茜の間』は中庭の景観もよく人気の間で、近衛様もお気に入りの部屋だ。

大手不動産会社の社長を務める近衛様は、いつもエグゼクティブ層や官僚などが移動手段として利用する高級ハイヤーで来店する。仲居の私にも「今日もよろしく頼むよ」と優しく声をかけてくれるお得意様のひとりで、こんなときほんの少し緊張が和らぐ。自然に笑顔がこぼれ、ヤル気がみなぎってくる。

「いらっしゃいませ。こちらこそ、よろしくお願いいたします」

アッコさんの案内で近衛様が客間に向かう。その後ろ姿にお辞儀をしていると、なんとなく背後に気配を感じる。

誰かいる?

一向に消えない気配に『もしかして幽霊とか?』なんてバカなことを心の中で言っ

ていると、床の軋《きし》む音が後ろから聞こえてハッと振り返る。すると身長が一五五センチの小柄な私から見て明らかに三十センチ以上は差がある大きな男性が目の前にいて、思わず「わっ」と声を上げてしまった。

「そこを通りたいのだが」

すぐには状況がのみ込めず呆然《ぼうぜん》と見上げている私に、男性が冷たく言い放つ。

「すみません」

「あ、君は……」

男性は私を見て、驚いたような声を上げた。

そういえば近衛様は『今日は新顔も連れてきた』とおっしゃっていた。もしかしてこの人が、その〝新顔さん〟なのかしら……。

年のころは、見た目からして三十代前半といったところだろう。一八〇センチは優に超えている高身長、スラリと伸びた長い脚と美しい立ち姿。スタイルだけでなく顔も整っていて、凛々《りり》しい眉に筆で引いたようなくっきり二重の目、高い鼻梁《びりょう》に真一文字に引き結んだ薄い唇にしばし目を奪われる。

でも一番印象的なのは、焦げ茶色の瞳の左目尻にある〝ほくろ〟だ。

目尻にほくろのある人は『人やモノの本質を見極める鋭い目を持ち決断力に優れて

いる』と、なにかの雑誌で読んだことがある。男性の大きく鋭い目は、その言葉を裏づけるような目力を漂わせている。

ん？　この男性、どこかで会ったことがあるような……。

――なんて、いつまでも彼の美しさに魅了されている場合じゃない。

彼の邪魔にならないようそそくさと壁際に寄って通路を開けると、緊張しながら頭を下げ「申し訳ありませんでした。いらっしゃいませ」と挨拶をした。けれど……。

「阿久津《あくつ》君、こっちだ」

背後から聞こえてきた声と重なり、私の声は消されてしまう。

男性は近衛様からの呼びかけにも表情ひとつ変えず、ゆっくりと歩きだす。通りすがりに冷めたような視線でちらりとこちらを見ると、なにも言わずに私の前を通り過ぎていった。

硬い表情を崩さない彼に、どこか冷めていて近寄りがたい冷徹な印象を受ける。もしかして、怒らせてしまったのだろうか……。

どちらにしても邪魔なところに立っていたのは私のほうで、彼にはなんの落ち度もない。

まだお客様をお迎えしただけだというのにミスをしてしまい、憂鬱なため息が漏れる。しかし今日も満室で、金曜日ということもあってか全体の予約人数は普段よりも多めだ。こんなところでへこんでいる場合じゃない。

心の中で『最高の笑顔で頑張れ』そう自分自身を鼓舞していると、車寄せに新しいハイヤーが来たのに気づく。今度は心配しないようにと心を落ち着かせ、満面に笑みを浮かべて玄関へ向かった。


「近衛様と一緒に来た若い男性、阿久津貴悠《たかはる》といって『株式会社阿久津』の御曹司らしいわよ」

そう小耳に挟んだのは、初茜の間への料理の提供も中盤に差しかかったときのこと。

店の玄関先で私が通せんぼした彼が御曹司⁉　しかも株式会社阿久津だなんて……。

阿久津といえば、医療関連事業や建設・不動産事業、地域や環境開発関連事業など、幅広い分野で社会に貢献している大企業。グループ会社は優に百を超えていて、日本を代表する企業としてその名を知らない人はいない。

そんな大企業の御曹司ということは、いずれは阿久津グループを背負って立つ人ということだろう。

確かに姿勢がよくスラッとした彼の佇《たたず》まいからは、品のよさを感じた。けれどそれだけではなく、同時に威圧感というか厳かな雰囲気もまとわせていた。私が冷徹で近寄りがたいと感じたのも、その独特なオーラがあったからなのかもしれない。

絹華に来るお客様は政治家や大企業の社長のような社会的地位の高い人が来店されることが多い。だから慣れているはずなのに、なぜか〝御曹司〟のワードに緊張感が増してくる。そして次の瞬間、「あっ」と思い出した。

どこかで会ったことがあると感じていたけど、数日前にピンチに陥っていた私を助けてくれた男性だ。

もうお礼する機会もないだろうと諦《あきら》めていたけれど、こんなところで再会できるなんて……。

うれしい反面、意気消沈する。

とはいえ仕事に個人的な感情を持ち込むつもりはない。それなのに少々身構えてしまうのは、通りすがりに阿久津さんから向けられた冷たい視線が脳裏によみがえってきたせい……なんだと思う。

「美尋ちゃん！　なにボーっとしてるの！　ほら、揚げ物ができあがったから熱いうちに運ばないと！」

名前を呼ばれハッとして振り向くと、アッコさんが仁王立ちしているのが目に入る。

「考えごとしてないで集中して、集中！」

「は、はい、すみません。すぐにお運びします」

今日はどこの持ち場もフル稼働で、ぼんやりしている暇はないというのに私ったら……。

慌てて調理台の上に並べられている揚げ物に手を伸ばすと先輩の仲居さんが顔を近づけてきて、耳もとで「美尋ちゃん、ファイト」とささやいた。

自分に仲居は向いていないのかもと落ち込むこともあるけれど、やっぱり私はお客様の笑顔に直接触れられるこの仕事が好きで、アッコさんのようになりたいと思っている。

先輩に「ありがとうございます」と目配せをすると、湯気が立っている帆立貝の新《しん》挽《び》き揚げなど、変わり揚げが盛られた器をお盆にのせた。ごま油の香ばしい香りが鼻をくすぐり、これを食べたお客様がどんな表情をするのか想像しただけでテンションが上がる。

料理長の揚げ物は天下一品なんだよね。

私も食べたことがあるけれど衣のサクサク感が絶妙で、何個でも食べたくなってしまうほどのおいしさなのだ。

「美尋ちゃん。それは『蒼穹《そうきゅう》の間』にお運びして」

「はい。蒼穹の間、行ってきます」

間違いのないように復唱してから、お客様が待つ部屋へと向かう。

蒼穹――とは晴れて澄み渡った青い空のことで、空を表現する美しい言葉のひとつ。今日の空がまさしく〝蒼穹〟で、私も好きな言葉だ。

配膳は慣れたもので足取りも軽く、でも転んだりしないように慎重に、大きなお盆をバランスよく両手で持って歩く。

通路の突き当たりを右へ曲がろうとしたとき、手前にあるお手洗いから人が出てきたのが見えて足を止めた。

「失礼いたしました。お先にどうぞ」

お盆を持ったまま小さく頭を下げる。男性の「君は……」という声が聞こえて、ゆっくりと顔を上げた。

「あ……」

目の前にいたのは阿久津さんで、驚いた私の体は一瞬で緊張感に包まれる。

「阿久津様。先ほどは、大変失礼いたしました。それと、先日は助けていただきありがとうございました」

突然のことに驚き、お盆を持っているにもかかわらず、お詫びの言葉と共に深く頭を下げた。当然バランスを崩し、揚げ物が盛ってある器をお盆ごとひっくり返しそうになる。「あっ」と気づいたときには体勢を戻すのは至難の業で、これはもう無理だと諦めて目を閉じようとした……そのとき。

「覚えてくれていたんだな」

その言葉と同時に、手もとがふわりと軽くなる。

なにが起きたのかと閉じかけていた目をパッと開けると、阿久津さんが私の持っていたお盆を支えるように掴《つか》んでいるから慌ててそのお盆に手をかける。意図せず阿久津さんの手に自分の手が重なってしまい、胸がドキッと大きく波打った。

「す、すみません！」

弾《はじ》かれたように手を離し、所在のない腕が宙に浮く。

こんなときどうすればいいのかと気ばかりが焦る。しかし阿久津さんが持っていてくれているお盆の上にふと目が留まり、器に盛ってある揚げ物が寸分たりとも崩れていないことにホッと息をついた。

「何度もご迷惑をおかけして、申し訳ありません」

「そんなこと、気にしなくていい。それより、君のほうこそ大丈夫なのか？」

思いがけず心配されて、私は目を丸くする。

この人が、小一時間前に私のことを冷たい視線で見た男性と同じ人物なの？

あのままお盆をひっくり返していたら、間違いなく阿久津さんの服を汚していただろう。それなのに、彼は私のことを心配してくれている。クールで近寄りがたい雰囲気はそのままだけれど、今日初めに受けた印象とは少し違って見えた。

「どうかしたのか？」

不思議に思っている私に、阿久津さんが問いかける。

「いえ、ありがとうございます。お盆をひっくり返すところでしたが、阿久津さんのおかげで助かりました」

「それはよかった。じゃあそろそろ、これは運んだほうがいいんじゃないだろうか？」

阿久津さんはそう言うと、「今度はしっかりと持って」とお盆を私にそっと差し出してくる。

「そ、そうでした。重ね重ね、ありがとうございます」

私にお盆を渡す仕草はまるで王子様のようで、思いのほか優しく紳士的な態度に素敵な人だなと頬が緩んだ。クールな表情で物言いもぶっきらぼうだけど、彼の言葉にはどこか気遣いがあるようにも感じられた。彼ともう少し話をしたい——なんて思うのだから自分で自分に驚いてしまう。

でもいかんせん、今の私にはそんな悠長なことを言っている暇はない。

お客様のところに、早く料理を運ばないと……。

阿久津さんに「失礼いたします」挨拶をすると、後ろ髪を引かれる思いでその場をあとにした。

あなたをもっと知りたくて

日が落ちると肌寒く感じるようになってきた、十月下旬。

今月最後の金曜日の今日も絹華は予約のお客様で満席となっていて、板場も仲居も忙しく立ち回っている。

「美尋ちゃん。次は『彩雲《さいうん》の間』をお願いね」

アッコさんからそう言付かり、お客様から料理の注文を受けたあとに出す〝お通し〟を『彩雲の間』に運ぶ。

「失礼します」と襖《ふすま》を開けるとそこには初めて見る顔とよく見知った顔のふたりの男性がいて、突然のことに目を疑った。

「あ、阿久津さん……」

「今日も、よろしく頼む」

「は、はい。いつも、ありがとうございます。本日も、精いっぱいお務めさせていただきます」

あたふたする私を見ても阿久津さんは表情ひとつ変えず、なにを考えているのかさっぱりわからない。相変わらず不思議な人だ。

持ってきたお通しを出す前に「失礼いたします」とひと声かけ、それをお客様の左側からテーブルの上に置く。

「本日の通し肴《ざかな》は、菊菜としめじのごま浸しでございます」

食事への期待を膨らませられるよう、料理名に簡単な説明を添えた。

ありがとうと言って静かにお酒を飲み始める阿久津さんに、丁寧に一礼して部屋を出る。

ひとりになると緊張感から放たれ、ホッと息をついた。

「びっくりした……」

どうして私がこんなに驚いているのかというと——。

あれから阿久津さんは、仕事関係での食事会の際は絹華を利用してくれるようになったのだ。

なにがどうして、そんなことになったのか。まったくもってさっぱりわからない。

仲居といえば、お客様に接する時間も交わす言葉の数も料亭内で一番多い。料理がおいしいというのはもちろんのこと、楽しかったとか快適だったなどと思ってもらえるよう笑顔での接客を心がけはしているものの、指名してもらうほどのことをした覚えはない。

強いて言うなら、彼の前で何度かミスをしたことぐらい。でもそのときの印象が彼に残っているのなら、私を指名するのは違うような……。

お客様に教えてもらうことや学ぶことが多いのもこの仕事の魅力。だから当然コミュニケーションは欠かせないのだけれど、残念なことに阿久津さんとはまだうまく意思疎通ができていない。

今日こそはと思っているけれど、同僚らしき男性もいるからうまくいくかどうか……。

——不安に思いながらも板場に戻る。するとアッコさんと出くわし、気持ちを悟られないようににっこりと笑ってごまかした。

「美尋ちゃん、なにかあったでしょ？」

板場に入ってきたアッコさんになぜか顔を覗《のぞ》き込まれて、私は『さすがはアッコさん、察しがいい……』と眉尻を下げた。

「また阿久津さんに指名していただいたんですけど……」

「あぁ、そのこと。お客様にご贔屓《ひいき》にしてもらえるなんて、いいことじゃない」

「それはそうなんですけど、どうして私を指名するのかなって。アッコさん、なにか聞いてませんか？」

アッコさんならなにか知っているかもと思い、聞いてみたのだけれど。

「さあ、聞いてないけど。そんなことより、猫の手も借りたいほど忙しいんだから、さっさとお運びして」

なんて軽くあしらわれてしまい、なんの情報も得られぬまま終了。アッコさんが言った通り目が回るほど忙しいのは確かで、邪魔になってはいけないと板場の端へと移動する。するとちょうどいいタイミングでお運びする次の料理が出てきて、それを手早くお盆にのせた。

仲居は自分が担当しているお客様の食べるスピードに合わせて、最適なタイミングで次の料理を提供する必要があり、そこが腕の見せどころだ。

そのまま『彩雲の間』に向かい「失礼いたします」音を立てないように静かに襖を開けて座卓に近づき、左側からお料理を出す。その手を引っ込めようとしたとき、少し体を動かした阿久津さんに腕が触れた。ほんの些細《ささい》なことなのに必要以上に驚いた私はとっさにのけ反り、その場で派手に尻もちをついてしまう。

「あっ」

またやってしまった！

おっちょこちょいだと自覚しているけれど、仕事でヘマをすることはほとんどない。それなのに阿久津さんを前にすると、どういうわけかうまく立ち振る舞えなくなるから首をひねるしかない。

今日は彼の同僚もいるというのに、失態を演じてしまった。申し訳ない……。驚いた表情をして私を見ている阿久津さんから、思わず視線を逸らす。今すぐにでも、この場から逃げ出したい気分だ。

いつまでも尻もちをついたままでいるわけにもいかず、体を起こそうと思うのに着物の着崩れが気になってうまく立ち上がることができない。

ひとりもたもたしていると、阿久津さんが私に手を差し伸べる。

「気をつけろ」

ぶっきらぼうな言葉だけれどそんな行為に、私は驚き顔を上げた。

「阿久津でも、人に手を貸すことがあるんだな」

「坂井《さかい》は黙れ」

珍しい光景なのか、一緒に来ている男性も私と同じことを思ったようだ。

「はいはい。ちょっと手洗いに行ってくるわ」

阿久津さんに坂井と呼ばれた男性は、手をひらりと振って客間から出ていく。途端ふたりきりになって、鼓動が速さを増した。

「大丈夫だった？」

阿久津さんから発せられた思いもよらない優しい声。「ほら」と手を差し出してくれる彼は微《かす》かに頬を緩ませていて、私はキョトンとして見上げることしかできない。

「……あ、ありがとうございます」

恐る恐る彼の大きな手に自分の手を重ねると、阿久津さんはもう片方の手を私の腰に回して、起き上がらせてくれた。急激に彼との距離が縮まって、その密着具合に驚き心臓が大きく跳ねた。

「痛いところはないか？」

「はい。みっともないところばかりお見せして、すみません。でもこう見えて、体だけは丈夫なので」

そう言いながらお尻をさすると、照れ笑いしてみせる。腰とはいえ彼の腕に抱かれているような状況にプチパニックを起こしていて、意味のわからない言動をとってしまった。

『こう見えて』って、阿久津さんにどう見えてるっていうのよ……。

とんちんかんな受け答えをした、自分のバカさ加減に落ち込むしかない。

でも阿久津さんは、あくまでも優しかった。

「そうか。それならいいが、やっぱり着物だと動きづらいよな。でも、なにもなかったのならよかった」

そう言うと彼は私から離れ、座っていた場所に戻るためにくるりと背を向けた……その刹那。

なにを思ったのか、私は右手でとっさに彼の左腕を掴んで歩みを止めてしまい、自分でも驚いてしまう。

「何度も助けていただいて、申し訳ありません」

「いや、こんなのは助けたうちに入らない。だから謝る必要もない」

「ですが……」

途端、阿久津さんと目が合う。彼の目がそれまでと違い優しく弧を描いていて、ドキッとした私は思わず目を逸らした。

クールで無愛想だった印象が、事あるごとに変わっていく。そのたびに見せてくれる優しい表情や仕草に、次第に心を動かされている自分に気づく。

恋とか愛とか、そういうものではないと思う。だとしたら、この気持ちはいったいなんなのか……。

「せっかくご指名いただいているのに、まだまだ半人前ですみません。正直、なぜ指名いただけるのかわからなくて……」

「いつも楽しそうに仕事をしているのが印象的だった」

「……そんなふうに思ってもらえたのならうれしいです。お客様に喜んでいただけるのが、私にとっても一番の喜びなので」

そのために仲居の仕事を続けている、そういっても過言ではない。だから阿久津さんの言葉は、素直にうれしく心に響く。

「そうか、今の仕事が好きなんだな。……じゃあ、もしよかったら近いうちに食事に行かないか？　連れていきたい店があるんだ」

「え？」

阿久津さんにそう誘われて、空いた器を下げようとしていた手が止まる。

「食事……ですか？　私と？」

「面白いことを言うな。ほかに誰がいる。君を誘ったに決まっているだろう」

当たり前だと言うようにあきれ顔をする阿久津さんは、「どうかな？　一緒に行かないか？」と私の顔を覗き込むから、お互いの鼻先が触れそうになって大きく目を見開いた。

どうして私なの!? しかも距離が近い！

どう返事をしたらいいのか困ってしまう。しばらく悩んだあげく浮かんだのは……。

「ど、どうでしょう。それは女将に聞いてみないと――」

彼の悪い冗談を受け流すような、その場しのぎの言葉だった。薄く微笑《ほほえ》み彼から少し離れると、大きく息をつく。我ながら上手に返事ができた――そう思っていた。

「どうして女将からの許可がいるんだ。君の気持ちひとつだろう」

それなのに阿久津さんの口から出てきた言葉は、意外にも真面目なものだった。驚いた私は言葉に詰まってしまう。

「そ、そうですが……」

今日の阿久津さんは店に来たときからいつになく上機嫌で、こっちが戸惑ってしまうほどだった。

それにしても、男性とふたりだけで食事に行くなんて……。

男性といっても相手は阿久津さんで、知らない人ではない。それなのにこんなにも困惑するのは、二カ月もしないうちに二十六歳になるというのに一度だって男の人と付き合ったことがないから。

それだけではない。母のことで父に幻滅していた私は、家庭を持つことにもまったく興味がなく、恋愛にさえもあまり関心がないのだ。

別にデートに誘われているわけでもないし、私に対して恋愛感情があるとも思えない。だからそんなこと、気にすることもないのかもしれないけれど。

私自身、阿久津さんのことが気になっていたのは確かで、彼のことは嫌いではないし、もっと知りたいと今でも思っている。でもそれはあくまでもお客様としてであって、個人的な感情ではない……そう思うけれど。

どんな理由があって私を食事に誘ってくれたのかはわからない。けれど、そんな気持ちのまま阿久津さんからの誘いを受けるわけにはいかないと思うわけで。

「阿久津さん。お誘いはうれしいのですが、やっぱりお客様とふたりだけで食事に行くのはどうかと……」

「警戒しているのか？」

「とんでもない、警戒なんてしていません」

もう何度も担当に指名してもらい給仕をして、彼の人となりはわかっているつもり。

ただ、ふたりきりでの食事となると躊躇《ちゅうちょ》してしまう。私は気の利いた会話もできないし、きっと彼は楽しくないと思う。このまま彼が、すんなり引き下がってくれるといいけれど……この流れでいくと、そうはいかなさそうだ。

「じゃあ決まりだ。客かどうかなんて関係ない。俺は君といると楽しいし、君との時間は有意義なものだと思っている。そんなに深く考えることはない。おいしいものを食べる時間を共有する、ただそれだけのことだ」

やっぱり……。

意図せず、ため息が漏れる。

「そう言われましても……」

「だったら、この前のお礼ということでどうだろうか？」

「お礼？」

「初めて会った日に言っただろう、『なにかお礼をさせてください』って」

そうだった。角谷を出たところで男に絡まれていたところを助けてもらったお礼を、私はまだなにもしていない。あのとき阿久津さんが助けてくれなかったら、私はどうなっていたことか……。想像しただけでも恐ろしい。

阿久津さんと食事をすることがお礼になるのかわからないけれど、でも彼がそう言うのなら……。

「わかりました。お礼ということなら、ぜひご一緒させてください」

「よかった」

阿久津さんはそう言って、まるで子どものような無邪気な笑顔を見せる。いつになく強引な彼に、もうこれ以上なにを言ったところで私に勝ち目はなさそうだ。

「誘いを受けてくれてありがとう。楽しみにしていてくれ」

自信満々にそう語る阿久津さんには、もはやお手上げ状態。彼の微笑みに、心地のよい胸の高鳴りを覚える。どうやら私は、彼の笑顔が好きみたいだ。

しかし今日の阿久津さんからは冷徹な感じはいっさいしない。いつもの彼とはまるで別人のようで、「やっぱり不思議な人」と小さな声でつぶやいた。

「次の休みはいつになる？　もう予定は入っているだろうか？」

「来週は土日がお休みで、まだ予定はないです」

絹華は基本年中無休で私たち仲居は週休二日制だけど、曜日が決まっているわけではない。独身者は平日休みが多く土日が休みになることはめったにないが、来週はどういうわけか土日が休みになっていてよく覚えていたのだ。

「そうか。来週の土曜日なら俺も休みで、店に予約も入れられる。それでかまわないか？」

「はい、もちろん。どんなお店か楽しみです」

さっと答えを返した私に、阿久津さんは一瞬驚いた表情を見せた。でもすぐにやわらかく微笑むから、私の頬も緩む。

しばらくするとタイミングを見計らったように坂井さんが戻ってきて、私は空いた器を下げて客間を出た。板場に戻る途中、ふと阿久津さんを思い出し頬が緩む。

それにしても、今日の阿久津さんは積極的だ。

いきなり食事に誘われたときはどうなることかと思ったけれど、こんな表情の阿久津さんを見られるのは悪くない。初めて男性とふたりだけで食事をするのが阿久津さんでよかったとさえ思えるのだから、今日は私もどうかしているみたいだ。

翌月最初の土曜日、十四時三十分。

私はアパートを出ると、十五分ほど歩いたところにある最寄りの駅へと向かう。待ち合わせの時間は十五時だけど阿久津さんを待たせるわけにはいかないと思い、少し早めに到着しておくつもりだ。

今日は阿久津さんと、初めて絹華ではないところで会う。彼から食事に誘われたその日にSNSのIDを交換、今日までに何度か連絡を取り合った。阿久津さんから【フレンチディナーを予約した】とメッセージがきたときは着ていく服がない……と焦ったけれど、店名を検索するとカジュアルフレンチレストランとあって安堵する。

それでも普段着で行くわけにはいかないので、夜な夜なクローゼットをひっかき回した。数日悩み最終的に、上品なビジューがついた編み地がかわいいクルーネックニットと光沢感のあるプリーツスカート、アウターにはベージュのノーカラーコート。それにオフホワイトのショルダーバッグと黒のブーティを合わせ、フェミニンコーデに決めた。

ただ食事に行くだけ。デートじゃないんだから、そこまで気を張る必要はない――。
そうわかっていても阿久津さんは絹華の大事なお客様で、粗相があってはいけない
とつい熱が入ってしまった。
「おかしくないよね？」
駅に向かう途中、立ち止まってコンビニの窓ガラスに映る自分の姿を確認する。少
し乱れている前髪を直すと、秋晴れの空のもと再度歩きだした。

「えっ、早いっ」
駅前のロータリーが見えてくると、阿久津さんらしき人の姿が目に飛び込んできて
慌てて走りだした。
相変わらずすらりとした綺麗な立ち姿の阿久津さんは、真っ白なインナーにベー
ジュのショールカラーのカーディガン、それに黒のチノパンというスタイル。駅舎の
柱を背に立ち腕時計で時間を確認する仕草はどこか大人の風格を漂わせていて、なぜ
か胸が高鳴る。途端に息が弾み、それを静めようと足を止めた。
どういうこと？　走ったから？
突然起こった意味のわからない状況に戸惑いながらも、ゆっくりと息を整える。し

ばらくすると呼吸ももとに戻り早く行かなきゃと歩きだすと、私に気づいた阿久津さんが「こっちだ」と手を振った。それに応えるように、私も小さく手を振り返す。

「お待たせして、すみません」

「いや、謝る必要はない。気が急《せ》いて、予定よりかなり早く着いてしまっただけだ」

「気が急いて？」

「そこは気にしなくていい。さあ、行くぞ」

そう言った阿久津さんが、私の背中に手を添える。彼の長く骨ばった指の感触と不意打ちの行為に胸がドキリと鳴り、そんな些細な行為にも慣れていない私はどういうことなのかと唖然《あぜん》として彼を見上げた。

「あ、あの。その手はいったい……」

「海野さんはそそっかしいからな。また人にぶつかったり尻もちをついたりしないよう、念のためだ」

「それって……。もう、からかわないでください」

「からかっているわけじゃない。本当に心配なだけだ」

「子どもじゃないんだけどな……」

なんて反論するわけにもいかず、俯《うつむ》きながら独り言をつぶやいた。

そんな私の様子を見て、阿久津さんは愉快だと言わんばかりに目を細め微笑んだ。

やっぱり、からかわれてる。

阿久津さんと歩いている最中も、私は背中に当たる手に戸惑っているというのに、阿久津さんはなに食わぬ顔で落ち着いている様子。

これが経験の違いなのかな……。

どうあがいても阿久津さんのレベルに到達することはできないと諦めて、彼の隣を歩く。そうして到着したのは駅裏にある駐車場。そこには〝L〟のエンブレムでなじみのある、艶やかなブラックがまばゆい世界最高峰と言われている高級セダンが止めてあって思わずごくりと息をのむ。

連絡を取り合った当初は私が住んでいるアパートまで迎えに行くと言ってくれたけれど、そこまでしてもらうのは申し訳ないと思い、それを丁寧にお断りした。私のその判断は、間違いじゃなかったようだ。

アパートは一棟まるごと絹華の社宅になっているから、誰かに見られでもしたら大ごとになってたかも……。

「さあ、乗って」

阿久津さんに促されて、慣れない所作にためらいながらも助手席に乗り込む。父が運転する車の助手席に乗ったことはあっても、それももう何年も前のことでよく覚えていない。だから今日が初体験のようなもので、どうにもソワソワしてしまう。

そうかといって挙動不審だと思われるのも嫌で岩のようにじっとしていると、「ふっ」と阿久津さんの笑う声に顔を上げ彼のほうへと振り向く。

「あ、阿久津さん？」

「そんなに緊張しなくても。もっと肩の力を抜いて、楽にしていればいい」

「そう言われても。こんな素敵な車に乗るのは初めてで……」

「絹華でいつも見てるじゃないか」

「見るのと乗るとでは全然違います。高級車に乗るなんて一生ないと思ってましたから」

そう言いながら窓の外を眺める。少し会話をしただけなのに、幾分緊張が解けているのに気づく。きっと、阿久津さんのおかげだろう。

秋晴れの爽やかな空を眺めながら、私は期待と不安に胸を膨らませた。

都会の喧騒《けんそう》を離れ小一時間ほどで行き着いたのは、郊外の閑静な住宅街に佇むフレンチレストラン。長年大切に手入れされてきたのがわかる古い洋館で、高級感を漂わせている。

アプローチを通り抜けマホガニーの扉を開けて足を踏み入れると、窓から見える庭園に目が留まった。

絹華の庭とは趣が違う……。

有形文化財にも登録されているという洋館の中は昔ながらの優美な装飾が施されていて、インテリアや飾られている美術品はまるで美術館のよう。異国を訪れたかのような独自の世界観がありどこもかしこも納得の美しさで、まだ食事をする前だというのに気分は高揚するばかり。

阿久津さんとは顔なじみなのか、オーナーらしき人に案内されて席に着く。私たち以外にもたくさんお客さんがいて、人気店であることをうかがわせた。

「阿久津さん。お客様がいっぱいですね」

小さな声でそう言った私に、阿久津さんは眉尻を下げて笑う。

「ここのシェフが作るフレンチは前菜からデザートまで、どの料理も絶品だと評判なんだ。とにかく、地元の新鮮な食材を最高においしく楽しめるのが魅力だな。この店の空間も一流だ。だから海野さんを連れてきたかったんだ」

そういう阿久津さんは平然としているけれど、突拍子のない彼の発言に私は驚きを隠せない。思わず頭の中で『なんで私なんだろう……』なんて考えてしまう。

周りを見ると、幸せそうなカップルが多い。

「皆さんは、デートでしょうか？」

口もとに手をあてて小声でそう言う私に阿久津さんは「いや、俺たちもデートだろう」とわけのわからないことを言うから、私は目をしばたたかせた。

阿久津さんは、面白いことを言う人だ。

しばらくするとワインが運ばれてきて食事が始まった。

「阿久津さん、ワイン、ですか⁉」

「ああ、大丈夫。もちろんノンアルコールだ」

そうよね、飲酒運転なんてするわけないよね。一瞬でも阿久津さんを疑ってしまって、申し訳ない。

「そうですよね……すみません、余計なことを――」

「いや、かまわない。味わい深くておいしいし、料理にも合うから好きなんだ。海野さんには別にワインも頼んでおいたから、好きなほうを飲むといい」

「……すみません。ありがとうございます」

阿久津さんの至れり尽くせりのスマートな振る舞いに胸はキュンとときめき、うれしく思う自分がいた。

阿久津さんは話題も豊富で、この店の建物から料理のことまで豊富なエピソードを聞かせてくれた。どの話も興味深く楽しいものだったし出されたお料理はどれもおいしく、美しい美術品を眺めながらの優雅な食事は絹華で働く私にとって貴重な時間となった。連れてきてくれた阿久津さんには感謝しかない。

「今日は来てくれてうれしかった。ありがとう」

「いえ、こちらこそ本当にありがとうございます。あのとき助けていただいたおかげで、今も仲居としてお仕事を続けられています」

命の恩人……なんて言いすぎかもしれないけれど、あのときどんなに心強かったことか。今日一緒に食事をすることがお礼になると阿久津さんは言ってくれたけれど、本当にこんなことでいいのだろうか。

「大げさだな」

「大げさなんかじゃありません。本当に感謝しているんです」

ムキになって気持ちを伝える、そんな私を見て阿久津さんがフッと苦笑してみせた。

「十分伝わっているよ、君の気持ちは。それに君は今こうして、俺と一緒に食事をしてくれている」

「そんな……私、気の利いた話もできなくて」

もっと場が盛り上がるようなスキルが、私にあればよかったのだけれど……。

「どんな話でも楽しいよ。そうだ、今度は君の話が聞きたいな。絹華のアパートに住んでるってことは、実家は遠いところにあるとか？」

「い、いいえ。通える距離にあるんですが、ひとり暮らしがしたくて……」

一番の理由はそこではないけれど、ひとり暮らしがしたかったのは本当で嘘《うそ》ではない。でも阿久津さんを騙《だま》しているようで、答えに困って言葉が続かなくなってしまう。

「ご両親は寂しいだろうな。反対されなかったのか？」

「実は、母はすでに亡くなっているんです。父は忙しいことを理由に家庭を顧みない、家族をないがしろにする。母が危篤状態になって最期のときも仕事を優先して、駆けつけないような人だったんです」

不意に母のことが思い出されて胸が苦しくなる。阿久津さんは黙ったまま、私の話を聞いてくれていた。

「それからは父のことが信じられなくなってしまいました。しかも父は自分と同じ道を歩んでほしいと言いだして。でもそれも私の希望とは違っていて……って、こんな暗い話になってすみません。今の話は忘れてください」

理由を聞かれたからってこんな話を聞かせるべきではなかったと後悔し、しゅんと項垂《うなだ》れる。そんな私を見て阿久津さんはひと呼吸つくと、ゆっくり丁寧な口調で話しだす。

「海野さんのお父さんにも事情があったのかもしれないが、当時の君の気持ちを考えれば仕方のないことだろう。ちなみにだが、お父さんはどんな仕事をされているの？」

「外科医です。母の最期のときも、父は仕事を優先していました」

俯きがちになっていた顔を上げると、私のことを真っすぐ見ている阿久津さんの濁りのない瞳と交わり心臓がトクンと音を立てる。同時に小さな痛みが走り、慌てて左胸のあたりを押さえた。

「どうかしたのか？」

それに気づいた阿久津さんが、心配そうに聞いてくる。

「い、いいえ、なんでもありません。お気になさらずに」

私自身どうして痛いのかもわからないし、阿久津さんを心配させるほどの痛みでもない。

私の返事を聞いた阿久津さんはホッとしたような表情を見せる。

「しかし海野さんのお父さんが外科医だったとは、ちょっと意外だったな」

「もう何年も会ってませんが……」

「そうか。今日その話を聞けてよかったし、君の気持ちもよくわかった」

そう言った阿久津さんの表情がわずかに曇る。どうしてそんな表情をしたのか気になるところだけれど、正直に話して安堵のため息が漏れた。

フランス語でデザートを意味する『デセール』のクレープシュゼットを食べ終えると、椅子に座ったまま姿勢を正して阿久津さんを見据えた。

「阿久津さん。今日は誘っていただいて、本当にありがとうございました。とってもおいしかったです」

「きっと喜んでくれるだろうと思っていたが、海野さんの言葉を聞いてホッとしたよ」

彼は笑顔で言いながら、優しく私を見つめる。

楽しい時間はあっという間に過ぎるというけれど、本当にその通りだ。


食事を終えて店を出ると阿久津さんは、当たり前のように私をエスコートして駐車場へと向かう。なんだか申し訳ないような気もするけれど、ここは阿久津さんに甘えようと助手席に乗り込んだ。

阿久津さんも運転先に乗ると、どういうわけか私の右手に優しく触れる。トクンと心臓が小さく跳ねた。

「ということで、次回の休みも空けておいてほしい」

「えっと、次の休みは――」

「予定が入っているのか？」

両手でハンドルを握り発車させると、彼が聞いてくる。

「い、いえ。しばらくは、なにも……」

そんな取るに足らないやり取りをしていると虚《むな》しくなってきて、重いため息が出る。

お休みの日の予定なんて、しばらくどころか先の先までひとつも入っていない。たまの休みだからどこかに出かけようと思っても、部屋の掃除や洗濯に買い出しなどで終わってしまう。

たとえ時間ができたとしても一週間働いた体は正直で、わずかな時間でも体を休めようとする。いわゆる〝だらだらと寝て過ごす〟が定番なのだ。

「そういえば、絹華で近衛社長との会食のとき担当してくれた仲居さんが『誕生日は休みをもらえる』と言っていたな。ところで、海野さんの誕生日はいつ？」

「私の誕生日ですか？　十二月二十日ですけど」

阿久津さんの言う通り、従業員からパート、なんならアルバイトまで、誕生日はお休みがもらえる。絹華からのささやかな誕生日プレゼントなのだ。しかもその日は『おいしいものでも食べて英気を養うように』とご祝儀までもらえるから、大盤振る舞いと言っても過言ではない。昨年の誕生日はご祝儀を使って、初めてひとり焼肉に挑戦したのをすっかり忘れていた。

……って、そんなことより。私の誕生日なんて聞いて、どうするのだろう。

「で、十二月二十日の予定はどうなっている？」

「それは……」

さっきから質問攻めで、うまい言葉が出てこない。返事に困っている私に、阿久津さんが顔を寄せた。

「絹華で働く者は全員、誕生日は休みになるんだろう？」

ニヤリと右の口角を上げて微笑む阿久津さんは、とても意地悪だ。私は仕方なくコクンと頷いた。

「ちょうど休みの日だし、祝わせてもらいたいと思ったんだが。その感じだと、もうなにか予定があるか？」

誕生日を聞かれた意味を、やっと理解した。

「いえ、特にないんですが……」

「じゃあ誕生日は、俺に祝わせてはもらえないだろうか？」

懇願するように見つめられて、どう言えばいいのか心が迷う。

「でも、お祝いしてもらうなんて申し訳なくて」

「そんなことは気にしなくていい。だから、いいよな？」

そこまで言われたら、断る理由はなくなってしまう。

「……はい。では、よろしくお願いします」

私が答えると阿久津さんはうれしそうにはにかみ、その笑顔に心惹《ひ》かれる。彼が発する言葉は私の中に真っすぐ入ってきて、どこか幸せな気持ちになった。

まさか阿久津さんに誕生日を祝ってもらえることになるなんて……。

どんな誕生日になるのか、その日が待ち遠しいと思うなんて何年ぶりのことだろう。

横を見ると、阿久津さんの慈愛に満ちたやわらかな視線と交差する。その目を見ていたら、それだけで心が豊かな気持ちになって頬が緩んだ。

「やっぱり海野さんは、笑顔が素敵だね」

「え？」

信号機が赤に変わり、阿久津さんが車を止めた。少し前まで穏やかだった目が、私を見つめると射るような眼差しに変わっていく。

「そんな、からかわないでください……」

「からかっていない。本当にそう思ったままでだ」

あっけらかんと言い放つ屈託のない笑顔の阿久津さんを見て、自分でも驚くほどの胸の高鳴りを覚える。

彼を初めて見たときは怖い印象だったけれど、今ではまったく雰囲気が違う。食事に誘われたときだって『阿久津さんとふたりきりで食事なんて絶対に無理』と思ったりもしたけれど、断らなくてよかったと今は素直にそう言える。

阿久津さんの素の表情を見るたびに、もっと彼のことが知りたくなっている欲張りな自分に気づかされる。

父のもとを出てからはずっとひとりだったけれど、こうやって誰かと一緒に過ごすのも悪くない。それが阿久津さんとなら、なおさらだ。

それからはたわいのない話で時間が過ぎていき、気づけば私が暮らすアパートの前まで帰ってきていた。阿久津さんはエンジンを切ると、私のほうを向いた。

「今日は、楽しい時間をありがとう」

その声音に目線を上げると、彼はわずかに目を細め、優しい顔で私を見つめていた。

その瞬間、ドキドキと胸が高鳴る。

どうして、そんな顔をするの？

しばらく見つめ合い、その視線を先に逸らしたのは私。耐えられなくなったのだ。

「い、いえ。こちらこそ、ありがとうございました」

普通ならここで車を降りて彼を見送るところなのだろうけれど、座ったまま動くことができない。なぜか名残惜しいと思ってしまうから、今日の私はどこかおかしい。

「どうした？」

私を見て阿久津さんが、心配そうな顔を見せる。私はなにをしているんだと慌ててコートを抱えて、バッグを手にした。

「今日は本当に、ありがとうございました」

バタバタと車を降り、深々と頭を下げる。そんな私を見て阿久津さんが愉快だと言わんばかりに笑って、ただそれだけなのに彼から目が離せなくなってしまった。

「じゃあ、また」

「はい、また今度。おやすみなさい」

そう言いながらバンッとドアを閉めると、阿久津さんは私を見送りながら軽く手を上げた。私がオートロックのカギを開けアパートの中に入ると、それを確認したかのように静かに車は走り去った。

ふわふわとした足取りで自分の部屋に帰り、ダイニングの椅子に座る。阿久津さんが見せた笑顔を思い出すと、胸がきゅうっと苦しくなった。

なんだか、顔が熱い。

彼女の笑顔に触れるたびに……　貴悠side

彼女をアパートに送り届け部屋に入ったのを確認すると、車のエンジンをかける。名残惜しい気持ちはあるものの「まだ、これからだ」と独り言のようにつぶやき、アクセルを踏み込んで帰宅の途についた。

それにしても、今日はなんとも心地いい一日だった。

少し頬を赤く染めて微笑む、彼女の笑顔が鮮明によみがえる。

やっぱり海野さんは、笑顔が素敵だね——。

まさか自分の口から、あんな歯が浮くような台詞《せりふ》が出るとは……。

どうやら今日の俺は、彼女に会った瞬間から舞い上がっていたようだ。

彼女と初めて会ってから、一カ月以上が過ぎた。

角谷の前で男に絡まれている彼女を助けようとしたときは、正直、めんどくさいことにわざわざ首を突っ込む必要もないかと思った。でも見ず知らずの子どもをかばい、助けようと奮闘する彼女の姿を見て、健気《けなげ》というか正義感が強いというか、とにかく放ってはおけなかったのだ。

あのときはオンコールが鳴って、彼女の『なにかお礼をさせてください』の申し入れを無下に断ってしまった。そんな別れだったからか、それともなにか違う意味があるのか、自分でもよくわからないが、彼女のことが忘れられなかった。

それでももう二度と会うことはないだろうと忘れかけていたころ、近衛社長に連れられていった絹華で仲居として働く彼女、海野美尋と再会した。

まあ、すぐには気づいてもらえなかったが……。

それからというもの仕事関係での会食は絹華を使い、給仕には海野さんを指名。彼女の一生懸命に、それでいて楽しそうに働く姿を見かけるたびに、自分の中にある彼女に対する気持ちも変わっていき心が躍った。

だから彼女の〝仕事好き〟につけ込んで、食事に誘ってしまった。

少し早まったかもしれない。彼女が困っているのは一目瞭然、手に取るように伝わってきたからだ。それでもあのときは、自分の気持ちを抑えることができなかった。

この俺が、これほどまでにひとりの女性に夢中になるなんて……。

向こうからアプローチされれば、なんとなく付き合う。女性とは、そんな中途半端な関係しか築いてこなかった。仕事の忙しさにかこつけて、恋愛ごとは後回し、女性に対してまったくと言っていいほど関心がなかった。

でも今回は、なにかが違う。どんなに仕事が忙しくてもふとした時に彼女の笑顔を思い出してしまい、こんなことは初めてで困惑するばかり。

この気持ちは、なんなのか——。

深く考えるまでもなく、答えはすぐに導かれた。柄にもなく、恋をしているのだと。

そして今日のふたりでの食事だったのだから、楽しくないわけがない。

「十二月二十日が誕生日か……」

まさか翌月が誕生日だとは、さすがに思っていなかった。しかしこのタイミングで彼女の誕生日を祝えるのは、ある意味ラッキーだったかもしれない。

どうやって祝うか、どんなプレゼントを用意するか。彼女のことを思いながらそんなことを考えるだけで、気分が高揚してくる。

彼女の喜ぶ顔が早く見たい……。

俺はその気持ちを表すように、ハンドルを強く握りしめた。

翌日。朝の六時半には病院に行き、九時から一件の手術、午後にもう一件を終えた。

俺が所属する阿久津病院の心臓血管外科はチーム体制が整えられていて、日にもよるが、大体一日二件の手術を担当。そのあとに臨時の手術が入ったり、後輩の手術のサポートに入ったりもするから帰りも深夜になることもしょっちゅうだが、好きなことをしているからか疲れを感じたことはほとんどない。

今日は午後の手術を終えてから、病棟回診に向かった。

病棟の回診は術直後の患者の状態を把握するのにとても重要で、問題があればすぐに対応を考え追加検査などを論議しなくてはならない。

いつどんなときも気が抜けないが、元気になった患者が見せてくれる笑顔に日々活力を分けてもらっている。

今来ているのは、先日狭心症で冠動脈バイパス術をした女子高生の病室。

「中川《なかがわ》さん、お変わりありませんか？」

「阿久津先生！　待ってたんだから」

今は元気いっぱいの彼女。しかし狭心症は心臓を動かしている筋肉につながる血管に、なんらかの異常が起こることで発症する病。心臓に十分な酸素が供給されなくなることから、走ったり階段を上ったりして運動量が多くなると息が切れ発作を起こす。

残念ながら医療のサポートなしでは完全に治療するのは困難で、胸痛や息苦しさなどの症状が日常生活に影響を及ぼすこともあって、現役高校生の彼女にとってもとてもつらい病だ。

とはいえ、持ち前の明るさと女子高生パワーで院内でも人気者の彼女は、担当医の俺にも容赦ない。

「リハビリも、うまく進んでるみたいですね」

「もう。阿久津先生はしゃべり口調が硬い。そんなんじゃ、彼女に嫌われるよ」

「か、彼女？」

突然放たれた〝彼女〟の言葉に海野さんのことを思い出し、女子高生を前にして年がいもなく動揺してしまう。

「え、なになに。阿久津先生、彼女いるの？」

「い、いや。いない」

「あ、わかった。彼女はいないけど、好きな人はいる。ね、そうでしょ？」

一言一句間違いなくまんまと言いあてられて、俺の面目丸つぶれ。女子高生相手になんと答えればいいのか、返答に困ってしまった。

今どきの女子高生は侮れない。

「へぇ、先生、恋してるんだ。先生のその感じからしてぇ、恋の病ってやつ？」

「恋の病……」

「そう。私は先生じゃないから本当の病気は治せないけど、恋の病については阿久津先生より詳しいと思うよ」

自慢げに胸を張った彼女は、任せとけと言わんばかりに自分の胸を叩《たた》く。さすがにそれはまずいと注意すると、彼女は「ごめん」とペロッと舌を出してふざけてみせた。

自分の病気のことを、本当に理解しているのだろうか。

しかし彼女の言うことももっともで。本当の意味での〝恋愛〟をしたことのない俺にとって、彼女は救世主かもしれない。

「阿久津先生。私は先生に手術してもらって命を助けてもらった。だから今度は私が先生を助けてあげる。いつでも相談に乗るからね」

「よ、よろしくお願いします」

これではどっちが先生なのか、わかったもんじゃない。

でも彼女とこんな話をしていたら、昨日会ったばかりなのに海野さんに会いたくなってしまった。

海野さんにとふたりだけで会えるのは、一カ月以上も先の話。まだまだ先は長い。

しかし、その日までに準備しなければいけないことはたくさんある。彼女のことを考えながらの時間は、きっと楽しいものになるだろう。

生まれて初めての恋

阿久津さんと食事に行ってからというもの、彼のことばかり考えてしまう。

でも十二月ということもあって、仕事中はそんなことを考える暇もないほど忙しく、あっという間に誕生日前日を迎えてしまった。

阿久津さんとは、あれから会っていない。

絹華へ来店する時はクールな阿久津さんも、ふたりで食事に行ったときはよく笑顔を見せてくれて、以前よりも話も弾んだ。心の距離も近くなったような、そんな気がする。

自分の中にある阿久津さんに対する気持ちがどういうものなのか、まだ測りかねているけれど、早く彼に会いたい——。今はそう思っている。

仕事が終わってアパートに帰ると、ゴロンとベッドに寝転んだ。目を閉じると浮かぶのは、阿久津さんのやわらかな笑顔だ。

私のことを真っすぐに見つめる瞳、心穏やかにしてくれる低く優しい声、ときどき強引に私の気持ちを惑わす仕草。どれをとっても私の心を穏やかに満たしてくれて、頬が温かくなるのを感じる。

今思えば、阿久津さんに初めて会ったとき、私は彼の外見に驚いた。また高身長や美しい立ち姿はもちろんだけれど、左目尻にあるほくろが印象的だったのをよく覚えている。

そうだ。私はあのときから、彼に魅了され続けているのだ。

目を奪われたといっても、ひと目惚《ぼ》れではない。だって、初めから恋愛感情があったわけではないのだから。

出会ったときの阿久津さんはどこか冷めていて近寄りがたい印象を受けたけれど、それは会うたびに変わっていった。私がミスをしたときも思いのほか優しくて、紳士的な彼の振る舞いに驚くこともしばしば。

阿久津さんと会うたびに優しさや気遣いを感じて、ドキドキしたり意味不明な胸の痛みに戸惑うようになっていった。

どうして、そんな気持ちになるのか——。

なんて心の中では思っていたけれど、それは自分の気持ちに無理やり蓋《ふた》をしていたからで、父とのことがなかったらもっと早く阿久津さんに対する気持ちに気づいていたのかもしれない。

急に鼓動が早鐘を打ち始め、ベッドから体を起こす。

もう自分の気持ちをごまかすことも、抑えることもできない。だって私は、阿久津さんのことが好きなのだから……。


十二月二十日の十三時。私は今、徒歩で最寄りの駅まで歩いている。

今年の誕生日は、偶然にも週末の土曜日。朝も早起きして準備にいそしんだ。今日のために選んだコーディネートは、モノトーンの小花柄のワンピースにロングコートを羽織り、すっきりシャープにまとまる黒のブーツを合わせた大人ガーリーコーデ。

阿久津さんはアパートまで迎えに行くと言ってくれたけれど、今回も丁寧にお断りした。前回断ったのは、わざわざ来てもらうのは申し訳ないからと思ったからだった。でも今回は違う。

この季節は歩いていると、冬の冷たい空気にさらされて心がすっきりするから。まっさらな気持ちで、阿久津さんに会いたかったのだ。

『誕生日は、俺に祝わせてはもらえないだろうか？』

阿久津さんはそう言ってくれた。とても楽しみな反面、緊張もピークに達している。それなのに心のどこかに早く会いたいと思っている自分もいて、両極端な気持ちがせめぎ合っている。

会いたい気持ちのほうが勝っていたようで、なんと十分ほどで駅に到着した。今日も待ち合わせの時間より早く着くようにアパートを出たというのに、やっぱり阿久津さんは先に到着していた。そんな彼の優しさに頬が緩む。

私に気づいて手を振る阿久津さんに、今日は大きく手を振り返した。

「お待たせしました」

「いや、さほど待っていない。それに海野さんを待っている時間も、それはそれで楽しい」

阿久津さんは冷静沈着な顔でそう言うけれど、さほど待っていないなんてきっと嘘。しかも私を待っている時間も楽しいだなんて、なんだか照れくさい。彼のさりげない、気の使い方がうれしい。

「海野さん、誕生日おめでとう」

「ありがとうございます」

「プレゼントはたくさん用意してある。楽しみにしていてほしい。さあ、行こうか」

そう言って、阿久津さんは私の前に左手を差し出した。今日は私がその手を取るのを、待ってくれている。前回のように、からかうような言葉や視線はどこにもない。

阿久津さんはただ黙って、私を見守っているだけ。

少し前までの私だったら、目の前にある彼の手をすぐには取れなかっただろう。でも今日の私は違う。一瞬は戸惑ったものの、彼の手に自分の手を重ね、その手をギュッと握りしめる。阿久津さんがどんな顔をしているのか気になるものの、恥ずかしくて彼を見ることができない。

「まずいな。今日の君を、誰にも見せたくない……そんな気分だ」

でもとんでもない言葉が頭上から聞こえてきて、恥ずかしがっている場合じゃないと慌てて顔を上げた。

「見せたくないって――」

「冗談だ。そういうわけにもいかないからな」

彼はそう言ったあと、右腕を真っすぐ上に伸ばして空を指さした。つられて私も空を見上げる。

「空?」

彼の言動の意味がわからない私は、ゆるりと小首をかしげた。

阿久津さんはときどき、私の理解の範疇《はんちゅう》を超えるようなことをする。時間を共有することも多くなって彼の突拍子な言動にも慣れてきたと思っていたけれど、さすがに〝空〟はなにを意味しているのかわからない。

「どういうことですか？」

「行けばわかる」

いきなり身も蓋もないことを言われて呆気《あっけ》にとられる。思わず「そりゃそうでしょ」ととんでもない言葉が口から飛び出しそうになって、それを思いっきりのみ込んだ。

前回と同じく阿久津さんの車の助手席に座る。

「今日はすぐに着く」

その言葉通り、阿久津さんが運転する車は十五分ほどでとあるホテルに到着する。名前を聞けば誰もが知っているであろう、超がつくほどの有名な高級ホテルだ。

まるで宮殿のような、エントランスの豪華さに言葉を失う。

「どうした？」

「え？　あ、いえ……」

阿久津さんの声に我に返ったそのとき、さっき彼が〝空〟をさしたことをふと思い出す。

空っていうのは、最上階ってこと？

よくわからないまま広いロビーに足を踏み入れると、阿久津さんは私に「ここで待ってて」とソファーに座らせフロントに向かった。

私は〝空〟についてひとり答えを求めるように思案していると、フロントから戻ってきた阿久津さんが見えて立ち上がる。

「迎えが来たようだ」

「む、む迎えって……っ」

どういうことかと聞く前に腰に腕が回されて、必然的に阿久津さんと体が密着する。彼がそのまま歩きだすから、慣れない私は歩き方がぎこちなくなってしまう。これではまるで、操り人形のようだ。

それにしても、今日の目的地はこのホテルじゃないってこと？

なにひとつわからないまま、阿久津さんに連れられてエントランスに出る。するとそこには、テレビや雑誌でしか見たことのない長さのリムジンが止まっていてとっさに阿久津さんが見上げた。

「ああ、リムジンだ。今日はこれで移動する」

阿久津さんに手を引かれ、呆気にとられたままリムジンに乗り込む。リムジンの中は広いと聞いていたけれど、見ると聞くとは大違い。

ゆったりとした空間に総革張りの大型ソファーと華やかなバーカウンター、大画面のテレビモニターにシアターシステムまで装備されているから、まさにラグジュアリーとしか言いようがない。ちょっとしたワンルームマンションのようで、ひとり暮らしができそうな広さに見えてしまうのは私だけだろうか。

最近はリムジンの中でパーティーをしたり、観光スポットを巡ったりするという。しかし阿久津さんは『これで移動する』と言っていた。ホテルに行ったのは車を駐車するためだけで、本当の目的地は違う場所ということなんだろうけれど……。

リムジンの中でも阿久津さんは私の隣にピッタリと座り、腰に手を回したまま。彼からほのかに漂う上品な香水の香りに、お酒を飲んでもいないのに酔ってしまいそうだ。

「まさか生きてる間にこんな豪華なリムジンに乗れるなんて！　まるで夢みたいです」

「生きてなきゃ乗れないけどな。でも喜んでくれたなら、俺もうれしい」

そう言うのと同時に、阿久津さんは私の腰に回している手で体を強く抱き寄せた。密着度が増して、胸の鼓動が最高潮に達し痛いほど体に響く。阿久津さんに聞こえてしまわないか心配で仕方がない。

阿久津さんのことが好きと自覚したばかりの私には、これは刺激が強すぎる。ちらりと横顔を覗き見れば満面の笑みを浮かべていて、彼の笑顔に弱い私はなにも言えなくなってしまう。

「窓の外を見てみろ」

「はい……って、え？　ここって飛行場ですよね？」

窓の外に見えたのは、かつては国内線・国際線共に発着していた民間空港。数年前に近くに国際空港が開港して大部分の路線が移動してしまい、最近はビジネスジェットの運航に力を入れていて地元企業のビジネス拠点として使われている。

……って、なんで飛行場なの？

なんて驚いている間に、リムジンはターミナルに到着する。阿久津さんに手を引かれリムジンから降りると、ターミナルの出入り口付近にいたスーツ姿の男性が私たちのほうに走り寄ってきた。

「阿久津様、お待ちしておりました」

笑顔がまぶしい好青年は、阿久津さんにそう挨拶をすると「こちらでへどうぞ」と空港内へ案内してくれた。

それにしても、阿久津さんは飛行場でなにをするつもりなのか……。

「あっ」

「どうした？　なにか忘れものでもしたのか？」

「あ、いえ、違うんです。突然大きな声を出してすみませんでした。大丈夫です」

あっと声を出してしまったのは、阿久津さんが指さした〝空〟を思い出したから。

空港は飛行機の発着場で、間違いなく〝空〟と結びつく。

その空港に来たということは、飛行機に乗ってどこかへ行くのだろうか。

そんなことを考えながら待合室で待っていると、男性と話していた阿久津さんが戻ってきた。

「もう準備は整っていて、搭乗時間もすぐらしい」

「搭乗時間って、やっぱり飛行機に乗ってどこかに行くんですか？」

待合室にある時計を見ると、針は十七時をさしている。こんな時間から、しかも手ぶらで、いったいどこへ行くつもりなのか。

「いや、飛行機じゃない。あそこを見てみろ」

そう言われて、私は阿久津さんが指をさしたほうへと顔を向けた。目に映ったのは……。

「ヘリコプター！」

「そう、ヘリコプターだ。高いところは平気か？」

「はい。大丈夫だと思います」

「それはよかった。夕景と夜景を見るクルージングプランを用意してもらった。海野さんの二十六歳の誕生日を、ふたりの忘れられない思い出にしたい」

まだヘリコプターに乗ってもいないのに、まだ景色も見ていないのに、彼の思いに胸がいっぱいになる。楽しい時間はこれからだというのに涙がこみ上がってきそうになって、それを笑顔で必死にこらえた。

「阿久津さん、本当にうれしいです。ありがとうございます」

「礼を言うのはまだ早い」

「でも言いたい気分なんです」

元気よく答えると、阿久津さんは満足げに笑った。

一緒に過ごすこれからの時間が私だけでなく、彼にとっても思い出深く楽しいものになりますように……。

そう願わずにはいられなかった。

「すごい……」

ヘリコプターに乗り込んだときの、最初のひと言がこれ。自分の語彙力のなさが恥ずかしいやら情けないやら、でもその言葉しか出てこないのだからしょうがない。

阿久津さんが予約してくれたクルージング用のヘリコプターは単なる移動のための
それをはるかに超えていて、キャビンは高級感あふれるラグジュアリーな空間になっていた。

夕焼けで赤と青のコントラストが綺麗だった空が徐々に漆黒の夜の空へと変わっていく瞬間は、ほかに例えようもないほど美しかった。上空から眼下を見渡せ街の光がまるで宝石のようで、印象的な風景をつくり出している。

「怖くないか？」

「大丈夫ですよ。ほら、阿久津さんも見てください。街がミニチュア模型みたい」

「ああ、確かにな。見慣れた景色も、上から見るととても新鮮に感じる」

阿久津さんが私のほうに体を寄せて窓の外を見るから、自然とふたりの距離が近くなる。ついさっきまで少し寒かった体も、阿久津さんと触れ合っていると一気に体温が上がって温かい。

「こんな気持ちになるのも、君が一緒だからなんだろうな」

「え？」

それって、どういう意味なのだろう……。

「好きだ」

阿久津さんからの唐突でストレートな告白に体中が一瞬で沸騰したように熱くなり、うれしさで体が震える。真っすぐな視線にとらわれて、瞬《まばた》きひとつできない。

彼の中に、私に対するそんな想いがあったなんて……。

そんなこと思ってもみなかった私の心は、大きく揺さぶられる。その振り幅は大きすぎて、心臓が止まるかと思うほどだ。

さらにわけがわからなくなって、彼の目から逃げるように視線を逸らした。しばらく顔を合わせられずにいると、痺れを切らしたのか阿久津さんがまた話しだす。

「君にとっては唐突かもしれないが、これが俺の正直な気持ちだ。できることなら付き合ってほしいと思っている」

阿久津さんの正直すぎる真っすぐな言葉が耳に届き、自分がどんな表情をしているのか不安になりながらも仕方なく顔を上げる。私を見ていた彼と目が合って、なにか言わないといけないと思うのに、どうにも口から言葉が出てきてくれない。

「美尋」

阿久津さん、今『美尋』って呼んだよね……。

突然名前を呼ばれて、面食ってしまう。

私のことを名前で呼ぶお客さんがいないわけではないが、美尋と呼び捨てにするのは阿久津さんが初めてだ。決して嫌ではないけれど、なんだかくすぐったいというかこそばゆいというか恥ずかしい。

名前を呼ぶことにたいした意味なんてない——そう、わかってはいるけれど。

「美尋と呼んでもいいだろうか？」

予想もしていなかった彼の言葉に、体中に動揺が走る。どうして阿久津さんは、なにもかもがこんなにもストレートなんだろう。

阿久津さんのことで頭の中がいっぱいになってしまった私は、彼の言葉に小さく頷いた。

どうやら私は、彼の術中にはまってしまったみたいだ。

「美尋……」

ふわりと上げられた彼の右手が、私の頬を包み込む。さっきよりも低く熱を帯びた声に、ドキッと体が小さく跳ねる。彼の始めて見る大人の色気に、動揺が隠しきれない。

「は、はい……」

「返事は今すぐじゃなくていい。よく考えて結論を出してほしい」

猶予がもらえて、ガチガチに緊張していた体から少しだけ力が抜ける。

「まあその結論は、いいものしか受けつけるつもりないけどな。俺もいい返事がもらえるよう、これからは今以上に全力でいかせてもらうから、そのつもりで」

そう言う阿久津さんの表情は口角が片方だけ上がっていて、まるで数分前までの彼とは別人のよう。さっきの熱を帯びた声はどこに行ってしまったのか、大人の色気というよりSっぽい彼に違う意味でドキドキしっぱなしだ。

でも私は決めていた。今日、阿久津さんに自分の気持ちを伝えると。

ここには邪魔をするものがなにもない。彼の声しか聞こえない、阿久津さんと私のふたりだけの空間。今が最大のチャンスだ。

「阿久津さん、少しいいですか？」

「かまわないが、どうした？」

「その返事というか、私の気持ちをお伝えしたいと思いまして……」

気持ちはもう決まっているのに、ここにきて緊張感が高まってくる。でもそれは阿久津さんも同じだったようで、「そ、そうか」と一瞬で緊張の面持ちに変わってしまった。

「あ、あの……その……すみません。こういうこと慣れてなくて」

「ゆっくりでいい。君の気持ちを聞かせてほしい」

阿久津さんのやわらかい口調に、緊張が解けていく。

私は一瞬だけ阿久津さんから視線を逸らすと、呼吸を整えてから再び彼を真っすぐ見つめた。

「私も……阿久津さんのことが好きです」

「それは本当か？」

「はい、本当の気持ちです。嘘じゃありません」

真剣な眼差しで伝えると、阿久津さんの口もとがほころんだ。彼のうれしそうな笑みにホッとする。

「まさか今ここで返事をもらえるとは思っていなかったからかなり驚いているが、うれしいよ。美尋、好きだ」

「私も……阿久津さんのことが好きです。こ、こんな私ですが……よろしくお願いします」

それでもなんとか気持ちを伝えると、阿久津さんは私をふわりと抱きしめた。彼の大きな愛に包まれたようで、例えようのない喜びがこみ上げる。

「阿久津さん……」

口から自然に彼の名前がこぼれる。すると阿久津さんは、私を抱きしめる腕の力を緩めた。

「美尋に、ひとつ頼みたいことがある、いいだろうか？」

耳もとでささやくように言われ、私はドキドキしながら頷いた。

「これからは阿久津さんではなく、貴悠と呼んでほしい」

その言葉に驚いて思わず阿久津さんの顔を見ると、自分から言い出したことなのに彼の耳が見る見るうちに赤く染まっていく。阿久津さんでも照れることがあるんだとうれしくなる。

「……貴悠……さん」

けれど男性を名前で呼ぶなんて初めてのことで、私は戸惑いながら彼の名前を呼んだ。するとたちまち破顔した貴悠さんに再び抱きしめられた。「よし」とうれしそうな彼を見て、私まで幸せな気分になる。

「今日は美尋の誕生日なのに俺のほうがはしゃいで、プレゼントをもらったみたいだ」

「ただ名前を呼んだだけですよ」

「〝ただ〟なんて言うな。お互いを名前で呼び合うとそれだけで関係がグッと深まり、呼べば呼ぶほど幸せが増えていくんだ」

「え、そうなんですか？　それなら、たくさん名前を呼ばないとですね、貴悠さん」

「そうだな、美尋」

どちらからともなく自然と手を取り合い、お互いを見つめ合う。くしゃりと目もとに皺《しわ》を寄せて笑う貴悠さんが、とても愛《いと》おしい。

このごろの貴悠さんは笑顔を見せてくれることが多くて、初対面のときが嘘みたいだ。

「このままずっと空を飛んでいたい……。そう思うほど気分がいい。しかし、そうも言ってられないか」

名残惜しそうな貴悠さんだったけれど、しばらくするとクルージングを終えたヘリコプターは空港に戻った。

それにしても、まさしく〝空〟だった。それもはるか上空で、普段の生活では体験することのできない贅沢《ぜいたく》な時間を過ごすことができて、貴悠さんから最高のプレゼントをもらってしまった。

「貴悠さん、今日はありがとうございました。一生分のプレゼントをもらったような、そんな気分です」

「いや、美尋が喜んでくれてなによりだ。でも、これで終わりじゃない。今日はまだまだ、これからだ」

「これから……ですか？」

時計を見ると、時刻は十八時三十分を少し過ぎたところ。本格的な夜の時間はまだこれからかもしれないけれど、このあとになにかあるというのだろうか。

聞いても貴悠さんは笑っているだけで、どうやら教えてくれるつもりはないらしい。

「本日は当社をご利用いただき、誠にありがとうございます。またのご利用をお待ちしております！」

男性は満面の笑顔で挨拶すると、かぶっている帽子を取って深々と頭を下げた。

「ああ、また利用させてもらうよ」

「ありがとうございます」

ふたりは挨拶を交わしたあとも、しばらく話を続けている。和やかな雰囲気に、ふたりのいい関係性がうかがえた。その姿に、「ふふっ」と笑いがこみ上げる。

貴悠さんの意外な一面が垣間見えたような気がして、ちょっとうれしい。

心地よい気分でふたりを見ていると、貴悠さんがチラッと時計を見る。

「そろそろ時間だな。次の予定があるので、このあたりで失礼するよ。今日はありがとう。また、よろしく頼む」

貴悠さんはそう言うと当たり前のように私の手を握り、機嫌よく歩きだす。

「本日はありがとうございました。それでは失礼いたします」

私が男性に挨拶をすると、彼は姿勢を正して「またのお越しをお待ちしております」と言い深々と頭を下げてくれた。

そんな男性を見て、仕事柄ついかしこまりすぎたかもしれないとハッとする。私のひと言で、それまでの和やかなムードを引き締めてしまったような気がしたのだ。

『やっちゃった……』と反省するのも束の間、私は貴悠さんに手を引かれながら男性にぺこりと一礼してその場をあとにした。

夢のような時間は彼の腕の中で

迎えに来ていたリムジンに乗り込むと、ふわりといい香りが鼻先をかすめる。

貴悠さんはバーカウンターからよく冷えた赤ワインを取り出し、それを私が持つワイングラスにゆっくりと注いだ。自分のグラスにも注ぎ入れるとそれを手に持ち、どちらともなくグラスを軽く触れ合わせた。

「美尋。二十六歳の誕生日おめでとう」

「ありがとうございます。二回もお祝いしてもらえて幸せです」

「美尋を祝うのに回数は関係ない。今日が終わるまで、ずっと祝っていたい気分だ」

「今日が終わるまで……ずっと？　今までこんなふうにお祝いをしてもらったことがなくて、本当にうれしいです」

素直に喜びを伝えると、貴悠さんは目を細くして微笑んだ。でもすぐになにかを思い出したようにシートから立ち上がり、リムジンの最後尾まで行ってガサガサと音をさせている。なんだろうと身を乗り出した私の前に、その音の正体が姿を見せた。

「花束……」

突然目の前に現れた、両手いっぱいに抱えるほどの大きな花束に驚きすぎて、言葉を失ってしまう。

それは大ぶりな真っ赤なバラの花束で、パッと見た感じ百本はあるんじゃないかと思うほどの大きさのものだ。一瞬で、甘く華やかな香りに包まれる。

「これを私に？　こんな大きな花束をもらうのは初めてです。どうしよう……」

「バラには本数によって、それぞれ違った意味の花言葉があるのを知っているか？」

「雑誌で見たことがあります。素敵ですよね。じゃあ、この花束は……」

「百一本だ。百一本のバラの花束の花言葉は〝これ以上ないほど愛しています〟だそうだ。百本のバラの花束の花言葉〝一〇〇パーセントの愛〟より上ということだな」

貴悠さんはそういうと、なぜか照れたように微笑む。きっと一生懸命考えて準備してくれたんだと、彼の温かい気持ちに心が和んだ。

「この花束には、貴悠さんの愛がいっぱいってことですね。うれしい……」

「喜ぶのはまだ早いぞ。プレゼントはそれだけじゃない」

「それだけじゃない？」

リムジンでの送迎も、ヘリコプターでのナイトクルージングも、豪華なバラの花束も、これ以上ないプレゼントで、これだけでも感謝の気持ちをどう返せばいいのかわからないのに。まだ、続きがあるというの？
私が貴悠さんの言葉に戸惑っていると、彼はさりげなくスラックスのポケットから
なにかを取り出した。それはターコイズブルーのジュエリーケースで、私が昔から憧
れていたブランドのもの。彼がそれを私の目の前でパカッと開くと、中にはオープン
ハートのペンダントにダイヤモンドがちりばめられたプラチナのネックレスが入って
いる。
女性向けの雑誌で見たことのあるとんでもなく高価なネックレスに、貴悠さんの顔
をまじまじと見る。私が首を小さく振ると、彼も同じように首を振った。
「美尋のことを想って選んだ。どうか受け取ってほしい」
「そう言われても、こんな高価なもの受け取るわけには……」
「わかった。受け取れないというなら、俺が美尋につければいいってことだな」
「貴悠さん、そういうことじゃなくって――」
ジュエリーケースからネックレスを取り出す貴悠さんの手を止めようとしても、大
きなバラの花束を持っていてはどうにも阻止できない。その間も貴悠さんは手慣れた
様子で私の髪をひとつにまとめて片方に寄せると、瞬きする暇もないほどの速さで
ネックレスをつけてしまう。貴悠さんの指が鎖をそっとなぞり、首もとで揺れるダイ

ヤのペンダントに触れた。

「うん、似合ってるな」

そう言われて、リムジンの真っ黒な窓に映る自分の姿を見る。キラキラと輝くネックレスのあまりの美しさに、ついうっとりと見入ってしまい、ため息が漏れた。

「素敵ですね。でもやっぱり、私にはもったいないです」

「いや、そのネックレスをつけた美尋は、世界で一番素敵だ」

信じられない言葉が彼の口から飛び出して、私は大きく目を見開く。

素敵なのはネックレスなんだけど……。

でもそうだよね。これは貴悠さんが私のために選んでくれたネックレスなのだ。喜んで受け取るほうがいいのかもしれない。

「あ、ありがとうございます。このネックレスに見合う女性になれるよう、頑張ります」

照れ隠しで苦笑いをした私を、貴悠さんはそっと抱きしめた。

「いいか、美尋。このネックレスのダイヤモンドは、美尋がつけているからこそ輝くことができる。美尋じゃなかったらダイヤモンドなんてただの石ころと同じだ。わかるか？」

「わかったような、よくわからないような……」

貴悠さんの言うことは、ときどき小難しくて理解に苦しむ。でもなんとなく、いいことを言われていることだけはわかる。

「とにかく、美尋は素敵だってことだ。だから自信を持って、堂々としていればいい」

「……はい、わかりました」

自分に自信がない私は、自分のことを卑下してしまう癖がある。気をつけないと。

それにしても『世界で一番素敵だ』なんて冗談でもうれしくて、フニャリとにやけそうになる。自分でもネックレスに触れてみると、その艶やかな感触に胸が躍った。

こんなことなら、素直にただ笑って受け取ればよかったと少し後悔する。

貴悠さんは私のためにお祝いしてくれたのだと、そう改めて思いながら隣にいる彼を見る。視線に気づいた貴悠さんが「どうした？」と私の頬に軽く触れた。

「バラの花束もこのネックレスも貴悠さんの真心がたくさんこもっていると思うと、もう絶対に手放すことはできないなと思って。貴悠さん、ありがとうございます」

直接顔を見て言うのは少し気恥ずかしいけれど、自分の気持ちはちゃんと言葉にして伝えたい。彼が、いつも私にそうしてくれるように……。

「そう言ってもらえるとうれしいものだな。気に入ってもらえてよかった」

「大切にしますね。でもたくさんお祝いしてもらって、なにかお返ししないと」

「そんな必要はない。美尋に喜んでもらえれば、それで十分だ」

私の頬から手を離した貴悠さんは、「余計なことは考えなくてもいい」とにこりと微笑む。ただそれだけのことなのに、その表情から目が離せない。

触れられている頬が熱い……なんて、のぼせている場合じゃない。

貴悠さんにお返しを拒否されることは想定済み。でもそんなわけにはいかない。こんな幸せな気持ちにしてもらったのだ、なにかお礼がしたいのだけれど……。

今すぐには思いつかず。彼が一番喜んでくれることを返したいし、ここは本人に直接聞くのがよさそうだ。

「貴悠さんは十分でも、私はやっぱりなにかをお返ししたいです。大げさなことはできませんけど、今一番なにがお望みですか？」

身長差から必然的に上目遣いになってしまい、狙ったわけじゃないのになんとなく気まずい。貴悠さんは真剣な表情で私のことを見つめている。彼の焦げ茶色の瞳に困った顔をした自分が映っていて、慌てて視線を逸らした。

なんだろう、この感じは……。

ふたりの間に、ただならぬ雰囲気が漂い始める。

「本当に、なんでもいいのか？」

その問いかけに、私は逸らしていた目を彼に戻した。貴悠さんは表情を崩さずにいて、再び視線が静かに絡まった瞬間、一度離れていた彼の手が私の頬に触れた。

「え……は、はい。わ、私にできることでしたら、なんでも……」

貴悠さんのどこか含みのある声色に、しどろもどろになる。『なんでも』なんて言ってしまったけれど、大丈夫だろうか。

「美尋にしかできないことだ」

そういうと貴悠さんは、硬かった表情を少しだけ緩めた。その顔を見て、私も少しだけ緊張が和らいだ。だって私にしかできないことなら、きっと大したことではないはず。ちょっと安心したとひと息ついた、そのときだった。

「キスがしたい」

「え……」

キス？　しかもここで？　それは……。

貴悠さんの思いもよらぬ発言に、自分の耳を疑う。いや、聞き間違いなんかじゃない。確かに貴悠さんは『キスがしたい』と言った。

キスなんて挨拶みたいなもの――。

そんな話を聞いたことがあるし、今どきキスくらいで騒ぐつもりもない。

だけど……。

「まだ今日、お付き合いを始めたばかりですし……」

これが最後の悪あがきと苦し紛れにじたばたしてみる。でも貴悠さんはどこ吹く風と聞き流し、私の頬を撫でながら顔をクイッと上に向かせた。

「無理強いはしたくないんだけどな」

「ほ、本当に私なんかでいいんですか？」

「まだ言うか？　そんなへりくだったことを言う口は、こうするしかないか」

貴悠さんはそう言うや否や、こともあろうに私の唇を塞いだ。いきなりのことに思考は停止し、目は開けっ放し。貴悠さんの整った顔と吐息を間近で感じて、ハッと我に返った私は慌てて目を閉じた。

でもそれは一瞬、静かに触れるだけのキス。目を開き映ったのは、悪戯《いたずら》っぽい笑みを浮かべる貴悠さんの顔だ。

私にとって人生で初めてのことなのに、ファーストキスなのに、そんな顔をされるとからかわれているような気がしてしまう。だけど、初めてのキスの相手が貴悠さんでよかった……とも思う。

このままずっと一緒にいたいという気持ちが湧いてきて、今にもあふれてしまいそうになる。

「こんな素敵な時間がもうすぐ終わってしまうなんて、夢から覚めるみたいで少し寂しいです」

「なんだ、もう帰るつもりか？　大切なものを忘れているぞ」

「え？」

大切なものって、まだなにかあるというの。小首を傾げる私を見て、貴悠さんは微笑んだ。

「食事に行こう。ホテルのレストランを予約してある」

思いがけないお誘いに、もう少し一緒にいられるんだと頬が緩む。

ホテルに到着し、貴悠さんに促されてリムジンから降りると、そのままレストランに向かった。

貴悠さんが予約してくれていたのは、高級な鉄板焼きのお店。カウンター席に並んで座り、目の前で焼かれたシャトーブリアンに舌鼓を打ち、ふたりで素敵な時間を過ごした。

「貴悠さん、ごちそうさまでした」

私がお礼を言うと、貴悠さんは満足そうな笑みを見せ私をスコートしながらエレベーターに乗り込んだ。横顔をうかがうように、ゆっくりと彼を見上げる。

このまま時間が止まればいいのに……。

ふと小さくため息をついてしまい、それに気づいた貴悠さんが私を見た。

「どうした、ため息ついて」

「い、いえ。貴悠さんの隣は、居心地がいいなと思いまして……」

正直に答えることができず、適当にごまかした。

「それは暗に、まだ帰りたくないって言ってる？　もしそうなら、部屋で夜景でも見ないか？　俺ももう少し一緒にいたい」

そういう貴悠さんは、私の顔を覗き込む。

途端にさっきのキスを思い出して、頬が熱を帯び始める。それでも、もう私には迷いはない。

「貴悠さん、私も一緒に……いたいです」

不安がなくなったわけじゃない。なにもかもが初めてで心配は尽きないけれど、でもやっぱり初めて結ばれるのは貴悠さんがいい。

貴悠さんは弾けるような笑顔を見せて、私の手を強く握りしめた。

ロビーに到着すると貴悠さんは「ここで待ってて」と私にソファーへ座るよう勧め、自分はそのままフロントへ向かった。

しばらくして戻ってきた彼の手にはカードキーがあって、「行くぞ」と促されるままにエレベーターに乗り込んだ。

そうして到着したのは、このホテルの最上階にある最高級のペントハウススイート。貴悠さんと手をつないだまま廊下を進み、一番奥にあるドアを開ける。するとそこには広々とした空間が広がっていて、床から天井まで広がる大きな窓からは息をのむような都会の夜景が一望できた。洗練されたラグジュアリーな空間に感嘆のため息が漏れる。

独立したリビングルームにはゆったりとした大きなソファーとテーブル、それにアイランドキッチンまであるから驚いた。さながらマンションの一室のようで、ここで生活できるんじゃないかと思ってしまうほどだ。

最高級のホテルだからかドレッシングルームまであり、そこで羽織っていたコートを脱ぎクローゼットにかけた。

それにしてもこのお部屋、いったいいくらするのだろう——。

そんな下世話なことを考えても仕方がないとわかっているのに、あまりの豪華さに申し訳なくなってきて、つい余計なことまで考えてしまう。

足早にリビングルームに戻ると、窓の外を見ていた貴悠さんが私に気づき振り向いた。

「気に入ってもらえたか？」

「それはもちろんですけど、今日はなにからなにまで用意してもらって申し訳なくて」

心苦しい気持ちからそんなことを口走ってしまった私の唇に、人さし指が押しあてられる。びっくりして顔を上げると、貴悠さんが苦い顔をしていて小首をかしげた。

「そんなことはない。今日は美尋の誕生日だろ。それにどうしてもお祝いしたくて誘ったのは俺なんだ。美尋は余計なことは気にせずに、笑顔でいてくれるとうれしい」

貴悠さんの表情とその言葉に、自分がいつまでも気にしていたらダメなことに気づく。彼には『申し訳ない』とか『すみません』じゃなくて、素直な気持ちを伝える……それだけでいいのだと。

「はい、そうします。貴悠さん、こんな素敵なお部屋を用意してくれてありがとうございます」

「ああ、それでいい」

貴悠さんはそう言って微笑むと、突然私を強く抱きしめた。急なことに私はドキドキしてしまう。

ホント、いつも突然で困る。でも彼にピッタリくっついていると、全身に温かいものが流れてくるような感じがして幸福感に満たされる。

……なんて、余裕をかましている場合じゃない。

ホテルの部屋でふたりきりで、一気に緊張感が増す。

明日の仕事は、アッコさんの計らいで休み。だから今日は帰りが遅くなってもかまわない、できるだけ長く貴悠さんと一緒にいたい――そう思っていた。でもまさかホテルの部屋でふたりっきりになるとはまったく想像していなくて、目が泳いで視線が定まらない。

落ち着きなくソワソワしていると、貴悠さんはいきなり私の肩と膝裏に手を回し入れて一気に抱き上げる。なにが起きたのかすぐには理解できなかった私は「えぇっ」と声を上げ、目線の高さに驚いてとっさに彼の首にしがみついた。

「ベッドまで運ぶ」

彼の口調は優しいのに私を抱く力は強く、その意味を悟るとなにも言えなくなってしまう。気がつけば寝室に運ばれていて、見たこともない大きなベッドの上にゆっくり下ろすと貴悠さんは私の隣に寄り添うように寝ころび背後から抱きしめる。

「美尋……」

耳もとで甘くささやくように名前を呼ばれると体の中心が疼き、初めての感覚に気恥ずかしさから固く瞼を閉じた。

「目を開いて、俺を見て」

その言葉と同時に、彼と向かい合わせになるように体をくるりと反転させられる。

彼の口調は甘くやわらかい。しかしどこか有無を言わせない強さもあって、逆らえない私はゆっくりと目を開けた。視線が絡むと貴悠さんは、私の胸もとに手を伸ばす。

あぁ。私とうとう、貴悠さんと……そう決心した瞬間。冬とはいえさっきまで乗っていたリムジンの車内は温かく、自分が薄っすら汗をかいていることに気づく。このままではまずいと、早急に抱こうとする貴悠さんの腕をやんわりと掴んだ。

さすがに初めては、綺麗な体を抱いてほしい。

「貴悠さん。先にシャワーを浴びたいんですけど……」

「必要ないだろう」

「でも、汗もかいていますし」

「どうせ汗をかく。それより今は、一秒たりとも待つことはできないし、美尋を離したくない」

そう言って私を見下ろす貴悠さんは、妖艶かつ余裕がなさそうで。彼の初めて見る表情と言葉に胸が締めつけられて、無駄な抵抗はもうよそうとゆっくり瞼を閉じる。

すると間髪をいれずに唇が塞がれた。衣服越しに彼の体温を感じて、この状況にドキドキが止まらない。

しばらくは軽く触れているだけだった唇に隙間ができると、それを待っていたかのように彼のやわらかい舌が差し込まれた。

「ん……」

鼻にかかったような甘い艶っぽい声が私の口から漏れると、それに触発されたように貴悠さんは私の舌を執拗にからめとった。リムジンの中でのキスとは違う、もっと先へと追い込むような激しいキスに必死に応える。

その間も貴悠さんの手は、私が着ている服を一枚一枚器用に脱がしていく。あっという間にショーツだけの姿にされてしまい、彼の目に自分がどんなふうに映っているのか想像しただけで恥ずかしくて泣きそうになる。

もちろんわかっている。裸にならないと、そういうことはできないって。でもなにもかもが初めてで、恥ずかしさのあまり私は慌てて胸を隠した。そんな抵抗など貴悠さんにはなんの効力もなく、なんなく取られてしまう。

「隠すな」

「でも……」

「でもは、もう聞かない」

そう言って貴悠さんは私の胸の頂をくわえ、まるで食べるかのように食《は》みだした。

胸を舌でいじられると、快楽の波が押し寄せてきて頭の中が真っ白になる。

「ま、待って……」

「悪い。待てない」

「そ、そんな、ん……あっ」

次から次へと自分の口から淫《みだ》らな嬌声が漏れ出て、唇を強く真一文字に噛《か》みしめた。

「声を我慢しなくていい。俺にもっと聞かせて」

貴悠さんは甘い声でそう言うと私の唇をぺろりと舐《な》め、その感触に体の力が抜けた。

吐息交じりに耳もとでささやく彼の甘い言葉は私を変化させるのに十分で、完全に打ちのめされてしまったみたいだ。

それからは彼に身を任せる。彼の指や舌で刺激を与えられるたびに、体は素直に反応した。そんな私を見て貴悠さんはショーツに手をかけ、それをためらうことなく脱がす。とうとう一糸まとわぬ姿にさせられて、私の口から熱い吐息が漏れた。

貴悠さんもまた、私をまたいだまま服を脱ぎ始める。アンダーシャツを脱ぎ捨てると、彼の程よくついた筋肉質の体がお目見えして、艶かしいほどの筋肉美にこれは見てはいけないものだと思わず顔をそむけた。

服を着ているときは気づかなかったけれど、貴悠さんって強靭《きょうじん》な肉体の持ち主だったんだ。

そんな彼に、今から抱かれる――。

ドキドキしながら顔をもとに戻すと、貴悠さんが熱のこもった目で私を見ていた。見つめ合っているだけで鼓動は速くなり、体温が高くなる。

「なにも心配することはない。大切にする。だから全部俺にあずけて」

貴悠さんが耳もとでささやいた甘やかで艶めかしい声が、平常心を失わせる。なにも考えられなくなった私は彼の背中に腕を回し、必死に彼を受け入れた。

そして貴悠さんはさっきの言葉通りに私を優しく、時に激しく高みへと徐々に導いていく。

幸福感と満足感に包まれながら、私たちはこの夜初めて結ばれた。

カーテンの隙間から入る日の光を浴びて目を覚ます。ふたりで寝るには広すぎるベッド、隣には貴悠さんが私の体を抱き寄せて眠っている。気恥ずかしいと思いながらも気持ちは抑えられず、彼の胸もとに顔を寄せ軽く抱きしめた。

貴悠さんと迎える、初めての朝。昨日の朝の時点と違うのは、今は恋人同士ということ。ずいぶんと眠った気はするけれど、昨晩彼に愛された体はかなり疲れていてすぐには起き上がれそうにない。

貴悠さんはまだ夢の中のようで、突然湧いた悪戯心に彼の頬をぷにっとつまんでみる。しかしよく眠っているようで、まったく起きる気配がない。

起きてほしいけど、もう少しこの寝顔を見ていたい。

そんな愛おしい気持ちから、彼の口もとに自分の唇を重ねる。悪戯した子どものように頬が緩んだ。

「なんだ、もうおしまいか？」

「え……」

寝ているはずの貴悠さんの口が動いてる？

それだけじゃない。私の体をぎゅっと強く抱きしめるから、これは……と疑いの目を彼に向けた。

「貴悠さん、起きてましたね？　騙すなんてひどいです」

「美尋が勝手に寝ていると思っただけで、俺は騙していない。しかし美尋に襲われるとは思ってもみなかった」

「お、襲うだなんて、そんなこと……」

あれはほんのちょっとのスキンシップで挨拶みたいなもの——そう言おうとした私に、貴悠さんは鼻と鼻が触れるくらいまで顔を近づけた。そしてわざとらしく、チュッと音を立ててキスをする。

「美尋、おはよう」

「おはようございます、貴悠さん」

まさかこんな甘い朝を迎えることになるなんて、誰が想像しただろう。

「もう起きるのか？」

なんて言うのに、貴悠さんは私の体をがっちりとホールドしていて起きられる状態じゃない。なんとかして彼の腕から抜け出そうとジタバタすると、さらに強く抱きしめられた。指で私の体を艶めかしくなぞり、思わず体がぴくんと跳ねる。

「は、貴悠さん、朝からなにしてるんですか!?　本当に離してください」

身をよじり涙目でそう訴えても、彼はニヤリとほくそ笑んでいるからタチが悪い。

「もうっ」

私なりに全力で怒ってみせても貴悠さんは軽く受け流すだけ。これでは話にならないと諦め、彼の腕の中にもう一度収まった。

「よく眠れたか？」

「はい。貴悠さんは？」

「美尋のやわらかい体を抱きしめていたからか、よく眠れた。こんなにもぐっすり寝たのは久しぶりだ」

そう言って貴悠さんは、私を抱きしめ直す。

人を抱き枕のように言うのは釈然としないけれど、普段はあまり眠れていないのだろうかと心配になる。そんな気持ちが顔に出ていたのか、貴悠さんは私の頭をひと撫でした。

「そんな顔をするな。睡眠なんて、三時間もあれば十分だ。そんなことはさておき、朝食はルームサービスを頼んである」

「えっ！　そうなんですか!?　それならそうと、早く言ってくれればいいのに」

勢いよくベッドから起き上がると、布団が体からするりと落ちる。そこで自分がなにも着ていないことに今さらながら気づく。振り向けば当たり前だけれど貴悠さんも一緒で、最後のほうは記憶がないけれど終わってそのまま寝てしまったみたいだ。明るくなった部屋で、この姿はさすがに恥ずかしい。両手で器用に顔と胸を同時に隠す。それを見ていた貴悠さんが、声を上げて盛大に笑いだした。

「もう遅いだろう。美尋の体は昨晩、隅々まで見たから隠す必要はない」

「そういう問題じゃないんです」

「美尋はすることが、いちいちかわいいな」

「な、なに言ってるんですか……」

彼のストレートな物言いに、柄にもなく照れてしまう。でもかわいいなんて言われたことがないから、恥ずかしいけどうれしくもあった。

二度あることは三度あるというけれど……


年末年始の怒涛《どとう》の繁忙期もあっという間に過ぎ、寒さの中にも日差しに春の訪れを感じるようになった二月下旬。

「美尋ちゃん。初茜の間の焼き物できたよ！」

「はい、了解です」

板さんに返事をして、それをお盆にのせた。今日の焼き物は、旬の寒ブリを使った幽庵《ゆうあん》焼き。

幽庵焼きとは、幽庵地という醤油《しょうゆ》とみりんと酒を合わせたものに、柚《ゆず》やかぼす、すだちなどの果汁や輪切りにしたものを加えたタレに漬けてから焼いたお料理。柑橘《かんきつ》系の香りがよく、爽やかな風味を味わえるのが特徴だ。

板場から廊下に出ると、慎重に、でも小走りで初茜の間に向かう。初茜の間の今日のお客様は近衛様をはじめとする六人。今回も大企業の偉い方々が集まっていて、その中には貴悠さんもいる。

貴悠さんとお付き合いをするようになってから早二カ月。私たちの関係は順調で、楽しい時間を共にしている。

とはいったものの貴悠さんは仕事が忙しく、この二カ月の間メッセージのやり取りはあっても、ふたりで過ごせたのは片手で数えられるほどしかない。

貴悠さんの忙しさは、わかっているつもり。なんといっても彼は株式会社阿久津の御曹司で、いずれは阿久津を継ぐ人なのだ。そんな人にもっと会いたいなんて言って困らせたくはない。頻繁に会うことはできないけれど、だからそのぶん会えたときは目いっぱい心ゆくまで彼との時間を楽しんでいる。

貴悠さんは思っていたよりもロマンティストで、朝のキスはもちろんのこと『愛してる』の言葉をささやいてくれる。単純な私はそれだけで幸せになれるのだ。

「失礼いたします」

挨拶をして部屋に入ると近衛様をはじめ各企業の面々は、お酒も入っているからかかなり盛り上がっていた。焼き物を出し終えチラッと横目で貴悠さんをうかがうと、お酒にはめっぽう強いはずの彼の顔が珍しく赤い。

これはかなり飲まされたのかも……。

貴悠さんのことが心配になった私は部屋の隅に用意してあるお水をコップに注ぐと、それを彼の前にそっと差し出した。

「阿久津さん、どうぞ」

「あ、あぁ、ありがとう。気を使わせたな」

「いいえ。またなにかありましたら、遠慮なくお申しつけください」

本当はこんな他人行儀な対応ではなく、彼の手を握って『大丈夫？』と寄り添いたい。でも今は仕事中で貴悠さんはお客様のひとり、近衛様たちの前でそんなことできるわけがない。

貴悠さん、大丈夫かな……。

後ろ髪を引かれる思いで部屋を出ると、廊下に誰もいないのをいいことに大きなため息を漏らす。顔は赤かったけれど、貴悠さんは記憶をなくして自分を見失うような人ではない。でも……。

やっぱり心配になって初茜の間のほうを振り返り、「貴悠さん、出てこないかな……」とポツリとつぶやいた。するとそう言うのとほぼ同時に初茜の間の襖がスッと開き中から貴悠さんが出てくるから、願ってみるものだと天を仰いだ。

「美尋」

貴悠さんはそばまで来ると、小さな声で私の名前を呼んだ。誰かに見られてはよくないと、初茜の間から死角になる場所へと貴悠さんを連れていく。

「さっきは水を持ってきてくれて助かった。さすが美尋、俺のことがよくわかってるな」

「はい。いつもより顔が赤かったので」

「今日はペースが速かったみたいだ。でも、もう大丈夫だ。それより……」

貴悠さんはそこで言葉を止めて、私の首もとに顔を埋める。彼の吐息が首筋に触れ、体がぞくりと震えた。

「美尋を充電させてくれ」

彼の懇願するような甘いささやきに、私は小さく頷いた。

「二月に入ってから会うのは、今日が初めてですね。仕事中にこんなこといけないけれど……うれしいです」

自分から貴悠さんの背中に腕を回し入れ、彼の大きな体を抱きしめた。

「仕事とはいえ、なかなか連絡できず申し訳ない。学会や研修があって来週から二週間ほど出張だが、戻ってきたら必ず連絡する」

「はい、待ってます。でも、無理はしないでくださいね」

「美尋が不足してるんだ。少しくらい無理させてほしい」

そう言うと貴悠さんは私の体を抱きしめ返してくれて、それだけで歓《よろこ》びが体中に駆け巡る。

このまま離れたくない……。

そう思っても今は仕事中で、すぐに板場に戻らなくてはいけない。やむを得ず彼から離れ、心配をかけないように笑顔を取り繕う。

「このあとのお酒は、ほどほどにしてくださいね。じゃあ、お先に失礼します」

「わかった。美尋も……転ばないように」

「もう、貴悠さんのイジワル」

フンと憤慨してみせても、彼の私を見る愛情深い眼差しには敵わなくて。降参と言わんばかりの笑いが漏れる。

「もう本当に行きますね」

「ああ、頑張って」

彼からの激励に軽く会釈をすると、弾むような気持ちを抑えつつ板場へと戻った。

それから三日経《た》った日の午後三時。

私はアッコさんとふたりで、各部屋の床の間に飾る花の入れ替えをしている。

「生け花に桃の花が入ると、お部屋でも春を感じられていいですね」

「そうね。春はもうそこまで来てますってお伝えできるように、二月には必ず桃の花を入れるようにしてるのよ」

アッコさんのお客様に対する細やかな心遣いに、私の心も春の木漏れ日のように温かくなる。私もいつかはアッコさんのようになりたいと、今もその思いは変わらない。

まだまだ先は長そうだけど……。

そして最後に『初茜の間』に花を飾り終えると、ふたりでひと息ついた。

「そういえば。この前の阿久津さん、珍しく酔っていたけど大丈夫だった？」

私と貴悠さんが付き合い始めたことを唯一知っているアッコさんは、ときどきこうして私や彼のことを気遣ってくれる。

「はい。次の日に、ちゃんとマンションに帰ったってメッセージがきました」

「そう、それならよかった。じゃあ部屋の準備、さっさと終わらせるわよ」

アッコさんの声掛けに、てきぱきと動きを速めた。

今日の担当は、またしても『初茜の間』。近衛様と近衛様のご友人で大学病院教授の二階堂《にかいどう》様おふたりと聞いている。

初茜の間で近衛様というと貴悠さんがいることが多いが、今日は違う。

少し寂しく思いながら配膳に向かう。初茜の間に到着し襖を開けようとしたとき部屋からふたりの賑《にぎ》やかな声がして、せっかく盛り上がっているのに話の腰を折るのは申し訳ないと襖を開ける手を止めた。

『近衛が紹介してくれた阿久津君と娘の明花《めいか》だが、順調に交際が進んでいるようだ。明花も今年で三十歳になる。外科医の彼なら文句はないし、これは結婚も早いかもしれん。ありがたい話だ』

『そうなのか。阿久津君からはなにも聞いていないが、それならよかった。念願だった孫を抱ける日も近そうだな』

聞こうと思っていたわけじゃない近衛様たちの会話に、自分の耳を疑う。

まさか今の話って、貴悠さんのこと……？

近衛様の紹介で阿久津というのだから、貴悠さんで間違いなさそうだ。彼に縁談の話があって、しかも貴悠さんが外科医だったなんて……。

衝撃的な事実に胸にズキッと痛みが走り、お盆を持っている手が震えだす。体が冷えきって動けずにいると、ちょうど通りかかった同僚がそんな私に気づく。

「美尋ちゃん、どうしたの？」

彼女は慌てて駆け寄ると私が持っているお盆を取り上げ、それを廊下の脇にあったワゴンの上に置く。そして体を抱きかかえるように私を立ち上がらせ、手洗いの前にある椅子まで運んでくれた。テキパキとした一連の動作に圧倒されて、彼女を呆然と見上げる。

「先に配膳してくるから、ここで少し待ってて」

その言葉に素直に頷く。体に温かさは戻ってきたものの気分の悪さは治まらず、なぜか吐き気までこみ上げてくる。

体調は悪くなかったはずなんだけど……。

貴悠さんに関する聞きたくなかった情報を立て続けに知って、体がどうにかなってしまったみたいだ。こんなとき、メンタルが弱い自分が嫌になる。

椅子に座り安静にしていても、吐き気は一向によくならない。このままではヤバいとトイレに駆け込むと、鏡に映った血色の悪い自分の顔にさらに落ち込んだ。

急に立ち上がったからか頭はくらくらするし、息まで苦しくなってくる。いったいどうしたというのだろう、風邪でも引いたのかな……。

洗面台に手をつき、自分の体をなんとか支える。それでも体がふらっと揺れて、もうダメだと思った、そのとき。

トイレに駆け込んでくる足音に顔を上げる。するとアッコさんが血相を変えて入ってくるのが見えた。その後ろには同僚もいて、安堵して体からドッと力が抜ける。

「美尋ちゃん！」

その場にしゃがみ込んだ私に、ふたりがそろって近づいてきた。

「だ、大丈夫です。アッコさんたちの顔を見たら安心して」

あははと微妙な苦笑を漏らすが、アッコさんたちはクスリとも笑わない。それどころか険しい表情をするから、しゅんと肩を落とした。

「美尋ちゃんが大変だって、彼女が呼びに来てくれたのよ。どこか気分が悪いの？」

「急にムカムカと吐き気がして」

「吐き気……」

アッコさんはなにか気になることがあるのか、そこで言うのをやめてしまう。

「……アッコさん？」

「え？　あ、ごめんなさい。吐き気以外に、どこか変わったことはない？」

「少し目眩《めまい》もしたけれど、今はどちらも落ち着いてきました」

「そう、それならいいけど……。今日の美尋ちゃんの仕事は誰かに入ってもらうから、控室で少し休んで大丈夫そうならアパートに帰りなさい」

「でも……」

今日の担当は初茜の間で、お客様は贔屓にしてもらっている近衛様だ。少し体調が悪いくらいで休むわけにはいかない。体調不良だといってもこれはショックなことが続いたからで、きっと病気ではない。

だから、もう大丈夫……そう思ったけれど、体は思うように動いてくれない。このまま意地を張ったところで余計な迷惑をかけるだけ、ここはアッコさんの指示を受け入れるしかなさそうだ。

「美尋ちゃんの担当は、私が引き受けるから大丈夫」

同僚はそう言って私にガッツポーズすると、板場に戻っていった。彼女には助けてもらってばかりで、自分のふがいなさに目に涙がにじむ。

「さあ、まずは控室まで行くわよ。大丈夫？　歩ける？」

「はい。迷惑かけて、すみません」

「謝らなくていいから、頑張って歩く」

アッコさんに支えてもらい、ふらふらしながらもなんとか控室に戻る。まだ頭は少しぼーっとするけれど吐き気はずいぶんとよくなり、アッコさんが用意してくれた水をひと口飲んだ。吐き気でヒリヒリしていた喉が潤い、落ち着きを取り戻す。

「どう？　アパートまで、ひとりで帰れそう？」

「はい。もう少しここで様子を見てから帰ります。皆さんにはご迷惑をおかけしますが、よろしくお願いします」

「なに言ってるの。美尋ちゃんひとりいなくても、こっちは全然大丈夫。だから仕事のことは気にせずに、ゆっくり休みなさい」

アッコさんはそう言い残し、控室を出ていく。ひとりになって心細くはあるけれど、これ以上迷惑はかけられない。幸いなことにふらつきも治まってきたし、アパートまでは目と鼻の先。これならなんとか帰れそうだと荷物をまとめ、従業員用の出入り口から出ると、アパートへと帰った。


普段は三分程度で帰れるところを、十分以上かけてアパートに到着する。体調があまりよくないせいか、普段より時間がかかってしまった。少し息は上がっているけれど、今のところ気分は悪くなっていない。

けれどベッドの縁に座ると、貴悠さんのことを思い出して大きなため息が漏れた。

「貴悠さんに縁談の話があったなんて……」

しかも外科医だったというのだから、私のキャパシティを超えてしまった。

貴悠さんは真面目だし、なにごとにも一生懸命な人だ。私のことも大切にしてくれるし、会えたときには十分に愛を伝えてくれる。だから外科医というだけで彼のことを嫌ったりするつもりはない……頭では、そう思っている。

でも心は……。

どうして医者だということを、私に話してくれなかったのか。縁談の話だって、どうして内緒にしていたのだろう。

貴悠さんがそのことを言えなかったのは、私のせい？

私が医者である父のことを快く思っていないことを話したから、彼は自分が医者であることを言えなくなってしまったのだろうか。

でもそのことに関してはちゃんと話してくれさえすれば、私だって理解しようと努力しただろう。彼が外科医だとしても、父とは違う……と。

でも今思えば、貴悠さんが絹華に来ていたときに何度かスマホに連絡が入って、店を早めに出ていったところを見たことがある。病院の仕事の時間帯はまちまちで連絡も取りづらい。現に外科医であることを隠されていたわけだし、私との交際は遊びだったのかもしれない。

私の中で貴悠さんのことを信じようとする気持ちと、医者なんか信用してはダメと思う気持ちがぶつかり合っている。これぱかりは、理屈ではどうにもならないのだ。

縁談の話だってそう。近衛様たちが話しているのを聞いてしまっただけで、その話がどこまで本当のことなのかわからない。もしかしたら、どこか違うところの〝阿久津くん〟なのかもしれないと、そんな往生際の悪いことまで頭に浮かぶほどに。ここでもまた、さっきと同じようなふたつの気持ちがせめぎ合っている。

彼の口から真実を聞きたい。彼の口から出た言葉なら信じられると思うから……。だったら本人に聞くのが一番いい。

そう思い、彼に連絡を取ってみようとスマホを手にする。でもどう話せばいいものかわからず、電話をするのをやめた。

自分がなにをしたいのか、今なにをするべきなのか。頭の中がぐちゃぐちゃで、なにも考えることができない。

私の心にできた傷は深く、そんな簡単には塞がらないのだ。

「アッコさんの言う通り、少し休んだほうがいいのかも……」

こんな状態のままでは、なにを考えたところで悪い方向へと進んでしまうだけ。だったら少し落ち着いて考えられるように、体を休めるほうがいいだろう。

そう自分に言い聞かせると、着替えもせず化粧も落とさないまま布団に潜り込む。目が覚めたら今日のことは全部夢だったらいいのにと、そんな都合のいいことを考えながら重い瞼を閉じた。

「う、うぅ……」

激しい頭の痛みに目が覚める。サイドテーブルの時計を見ると朝の八時を回っていて、慌てて飛び起きる。

「嘘……い、痛い……」

右側のこめかみあたりに鈍痛が走り、頭を押さえてその場に屈《かが》み込んだ。

「これは、さすがに寝すぎたかも……」

昨日アパートに戻ったのは午後の二時ごろ。帰ってからしばらくはうだうだと考え事をしていたから、眠りについたのはたぶん三時を回っていたはず。それから今目が覚めるまで一度も起きていないということは……。

「十七時間も寝てたってこと⁉」

寝ることは好きで最低でも七時間、できれば十時間は寝たいと思っている。だけどさすがに十七時間は寝すぎ。だから頭が痛いんだと、勝手に決めつけた。

しかも体調まで芳しくない。昨日ほどではないけれど胃はムカムカするし、体が重い。これは胃腸風邪でも引いたのかもしれないとベッドに倒れ込んだ。

今日の出勤は十五時。まだ六時間以上あるから、薬を飲めばなんとかなるかもしれない。でも一応アッコさんには連絡を入れておこうと、スマホを手に取る。

「あ、アッコさんから連絡がきてる？」

そこには【体の調子はどう？　ちょっと話があるから九時にアパートに行くわね】とあって、ワンルームの部屋の中をくるりと見回した。すると、水を飲んだまま空になっているコップが目に入る。

「うん、今週は忙しかったからね。でも少しは片づけないと……」

誰がいるわけでもないのに、そんな言い訳をしてみたりする。こめかみを押さえながらゆっくり立ち上がると、コップを手にキッチンへと向かう。

「これでよし」

部屋にはひとり暮らしには十分すぎるキッチンと部屋に備えつけの小さなテーブルにベッド、必要最低限の電化製品があるだけ。荷物や洋服はそれほど多くは持っていないけれどクローゼットに入れられるようになっていて、飾りっ気も女子力もないこざっぱりとした部屋だ。

でもベランダ側の隣は大きな公園で、木々が四季折々の風景を楽しませてくれるからとても気に入っている。

それにしてもアッコさんがアパートに来るなんて珍しい。メッセージには【ちょっと話がある】と書いてあったけれど、また貴悠さんのことかもしれない。途端に気が重くなる。

寝て起きたら気分もスッキリして貴悠さんのことも冷静に考えられると思っていたけれど、寝ただけではそう簡単に気持ちは切り替えられないみたいだ。

今朝から何度目かのため息をこぼし、とぼとぼとキッチンへ向かう。アッコさんに出す飲み物を用意していると、玄関のチャイムが鳴った。

「はい」

玄関のドアを開けるとアッコさんが優しい笑顔で立っていて、部屋に招き入れる。

「アッコさん。コーヒーとお茶、どっちがいいですか？」

「そうね。一緒に食べようと思って焼きたてパンを買ってきたから、コーヒーをお願いしようかしら」

「焼きたてパン！　うれしいです。すぐにコーヒー淹《い》れますね」

用意しておいた、深煎《ふかい》りブレンドのドリップパックでコーヒーを淹れる。あっという間に部屋中が、コーヒーのアロマで満たされた。

でも、なにかおかしい。いつもならコーヒーの香りに癒やされていたのに、今日はなんだか気分が悪い。

「美尋ちゃんは、どのパンがいい?」

アッコさんが袋から焼き立てのパンを取り出すと、芳醇《ほうじゅん》なバターの香りに
「うぅ……」と吐き気がこみ上げてくる。

「美尋ちゃん!」

シンクで口もとを押さえる私の背中を、アッコさんが優しくさすっている。しばらくすると吐き気も弱まってきて、シンクから顔を上げた。

「アッコさん、ありがとうございます」

「そんなことはいいから、落ち着いたなら椅子に座って」

ダイニングテーブルの椅子に座り、大きく息をする。コーヒーやパンの匂いがすると胸がつかえるような感覚にまた口を手で塞いだ。

どういうわけか、匂いに敏感になってるみたい。こんなこと初めてだ。

「やっぱり……」

でもアッコさんはなにかを悟ったのか、そうひと言つぶやくと私を真っすぐに見据えた。

「美尋ちゃん。ちょっと聞きにくいんだけど、あなた生理は規則正しくきてる?」

「え? 生理ですか……」

唐突に生理のことを聞かれて呆気にとられる。なんでアッコさんが、私の生理なんて気にするのだろう。不思議に思いながらも椅子から立ち上がり、冷蔵庫の側面にかけてあるカレンダーを見る。そこには仕事のシフトやスケジュール、休みの日などの予定がびっしり書き込んであって、もちろん生理がいつきたかも記入してあった。

「前回にきたのは十二月で、年明けの一月は……あれ、書いてない」

「ただの書き忘れなのか、生理がきてないのか。ちゃんと思い出して」

アッコさんのただならぬ様子に少しひるみながらも、頭を回転させて思い出そうと試みる。

「たしか一月は……」

連年通り一月の絹華は猫の手も借りたいほどの大忙しで、私もフル稼働だった。でもその途中で生理がきた記憶がない。クローゼットにある箱の中を見ると生理用品の残りは数少なく、私の字で【一月の買い物のときに買い足すこと】と書き記してあった。

ということは……。

「一月も二月もきてないです。これってもしかして……」

無知な私にでもわかる。生理が二カ月もきていないということ、それに加えて昨日から吐き気を伴う体調不良ときたら、想像できるのはただひとつ。

「そうね。昨日のあなたの様子を見て妊娠しているかもしれないと思ってね。心配になって来てみたけど、図星だったみたいね」

アッコさんはそう言うと、手にしていた袋の中から小さな長方形の箱を取り出した。

「もしものときのためにと妊娠検査薬を買ってきたけど、どうする？」

「妊娠検査薬……」

まさか自分がそんなものを使う日がくるとは夢にも思っていなくて、受け取る手が震える。でもいつまでも知らないふりをしておけることではないと、すぐに検査してみることに。そして数分待って出た結果は、陽性。検査薬の小さな小窓にくっきりと二本の線が示されていて、不安が現実になってしまい言葉を失う。

「すぐに病院に行ったほうがいいわね。ひとりで行ける？」

そう聞かれて、黙ったまま頷いた。

本当はすごく不安で心細い。誰かに一緒にいてもらいたい。

でも私は二十六歳のいい大人で、いつまでもアッコさんに頼ってばかりいられない。実家を出たとき、一度はひとりで生きていくと決めた。妊娠かもしれないとわかったくらいで、弱音を吐いている場合じゃない。

すぐに着替えるとアッコさんの同級生が経営している産婦人科まで送ってもらい、診察を受けた。女性の先生に「おめでとうございます。妊娠十二週、ちょうど四カ月に入ったところね。しかも双子ちゃんよ。本当に今まで、全然気づかなかったの？」と驚かれ、漠然と一カ月前くらい前までの記憶を遡ってみる。でもやっぱり思い当たる節はなくて、誰にというわけではないけれど申し訳ない気持ちがこみ上げる。

私が妊娠、母親になる？　しかも双子を……。

頭の中は真っ白になり、女医さんがいろいろと説明をしてくれていたけれど、まったくと言っていいほど覚えていない。診察を終えて診察代は払った記憶があるものの、どうやって帰ってきたのか覚えておらず、気づくとアパートにいて、ダイニングテーブルに突っ伏していた。

テーブルの上には、エコー写真が置いてある。ゆっくり顔を上げて、それをじっと見つめた。白黒の画像には赤ちゃんが入っている小さな袋のようなものが、ふたつハッキリと写っている。妊娠十二週目にもなると、心拍もしっかりと確認できた。

私のお腹《なか》の中に、私と貴悠さんの子どもがふたりもいるなんて……。

まだ少しも大きくなっていないお腹に、そっと手をあてる。ここに我が子がいると思うと、意味もなく温かいものが体中に広がっていった。

でも不安がなくなったわけじゃない。

貴悠さんにどう伝えるべきか、妊娠のことを知った彼がどんな反応を見せるのか。喜んでくれるのか、困った表情を見せるのか。考えれば考えるほど、その不安は膨らむばかり。

その反面、不安とは真逆な子どもに対する母性のような気持ちも生まれてきて、そんな自分に驚いてしまう。

妊娠しているとわかってからは、体の調子も少しよくなってきた気がする。もしかしたら脳が勝手に『弱ってる場合じゃないよ！』と、体に指令を出しているのかもしれない。

いつの間にか不安より、産むことを考えている自分がいる。これが母性というものなのかもしれないと、愛おしい我が子が宿っているお腹をさすった。

いずれにしても、妊娠はひとりでできることではない。だから、貴悠さんにちゃんと話をしないといけないと思っている。だって紛れもなく彼が、お腹の子たちの父親なのだから。

妊娠のことを話したら、貴悠さんはどう思うだろう……。

なんて、そんなこと考えるまでもない。優しい彼のことだから、きっと産むのを反対しない。私のことも、お腹の赤ちゃんたちのことも全力で守ってくれる。

だから大丈夫――。

でもどこからともなく『彼は父親と同じ外科医だよ』と悪魔のささやきが聞こえてきて、そのたびに耳を塞ぐ。そんなことない、貴悠さんは父とは違って誠実で真面目で……だけど会えないことも多い。

彼が外科医だと知って『それなら仕方ない……』と納得していても、心のどこかで『本当に？』と思ってしまう。

とにかく彼に会って、話をすることが最優先だ。今度いつ会えるかまだわからないけれど、四日前に店で会ったとき『海外出張から戻ってきたら必ず連絡する』と貴悠さんは言っていた、だからその日を待とうと思う。

アッコさんの計らいで今日の仕事は休みだけれど、でも明日からは普通通りに出勤するつもりだ。今日の残りの時間はゆっくりと、心身ともに安定できるよう心がけて過ごそうと思う。

貴悠さんからの連絡を待ちながら……。

今朝は朝から雨が降っている。

妊娠がわかってから四日が経った、週末の土曜日。ときどき吐き気がすることはあっても体調はさほど悪くはなく、今までと変わらずの毎日を過ごしている。

でも今日は起きてからずっと、気分は悪くないのになんだか気持ちが落ち着かない。雨のせいだろうか。

貴悠さんには、まだなにも話していない。妊娠したことをどう切り出そうかといろいろ考えているうちに、時間だけが過ぎていく。

私のほうから連絡を入れようかと何度も思った。でも出張中だと思うと電話をかけるタイミングがわからず、連絡もできないまま週末を迎えてしまった。

「今日は休みだったんだけどなぁ……」

カーテンを開けると思っていたよりも雨は激しく降っていて、それだけでもテンションが下がる。買い出しに行こうと思っていたけれど、この雨ではやめておいたほうがよさそうだ。

そんなに汚れてはいないが、ほかにやることもなくてキッチンの掃除を始める。

さっき飲んだコーヒーカップを洗ってからシンクを磨いていると、ピンポンと玄関のチャイムが鳴った。まだ午前中だしまたアッコさんかなと、誰なのかも確認しないまま玄関のドアを開けた。

「え……」

でもどこに立っていたのはアッコさんではなく、私より少し年上だと思われる綺麗な女性。こんな雨の中、しかも土曜日の午前中から、なにかの勧誘だろうか。見覚えのない彼女を見て、思わず首をかしげた。

「どちら様でしょうか？」

「はじめまして。わたくし、二階堂明花と申します。海野美尋さんでしょうか？」

「そ、そうですけど、どちらの二階堂さんで……」

私がそう聞くと、女性はなにも面白くないのにクスクスと笑いだした。なんだかものすごく感じが悪い。

私には二階堂なんて知り合いはいないし、明花なんて友達もいない。それなのに、なぜかどこかが引っかかる。二階堂明花……二階堂……明花？　明花!?

頭の中で彼女の名前を反芻《はんすう》すると、絹華でその名前を聞いたことを思い出した。

「先日、父が絹華さんでお世話になったようです」

「もしかして、大学病院の二階堂様の？」

「そうです」

そう言いながら、彼女は玄関に足を踏み入れてくる。

どうしてその娘の明花さんが私のところに来たの？　嫌な予感しかしない。

「私になにかご用ですか？」

「ええ。私のことを知っているみたいなので、単刀直入に言います。貴悠さんと別れてください」

「な、なにをいきなり、言ってるんですか……」

明花さんの強気な発言に、頭を鈍器で殴られたような衝撃が走る。でも彼女に、そんなことを言われる筋合いはどこにもない。別れる別れないは当人同士の問題で、明花さんにはいっさい関係ない。

「なにって、そのまま意味です。私は貴悠さんのことが好きなのに、彼ったらあなたがいるから私と結婚できないって言うの。だったらあなたが別れて彼の前からいなくなってくれれば、私たちの結婚の話は丸く収まるってわけ。私の言葉の意味、わかるかしら？」

それなのに明花さんは意味がわからないことを列挙《れっきょ》し、私を追い込んでくる。

そんなことを言われたら、私だって負けてはいられない。

「明花さんの言いたいことはわかりました。でもそんな身勝手なこと許されるわけがないじゃないですか。あなたになんと言われようと、私は貴悠さんと別れません」

当たり前のことを言わせないでほしい。なんの権利があって、そんな上から目線でものを言うのだろう。私の今の状況でこんなことを言うのもどうかと思うけれど、貴悠さんを思う気持ちは明花さんには負けない。

妊娠中の身であまり興奮するのはよくないとわかっていても、胸の高ぶりは治まらない。

「そういうことなので、どうぞお引き取りください」

そう言っても動こうとしない明花さんに、こっちから玄関のドアを開ける。でもその手を、思いきり叩かれてしまった。

「な、なにするんですか！」

私がそう反論すると、彼女は態度を豹変《ひょうへん》させた。

「いい気になってんじゃないわよ！」

明花さんは取り乱したように突然声を荒らげ、でもすぐに自身の言動にハッとして

「あら、失礼」と我に返った。

「わからないようだから教えてあげる。どう見てもあなたと貴悠さんとでは住む世界が違うわ。あなたに医師の妻が務まるとは思えない。それに貴悠さんは阿久津の御曹司なのよ？　彼のご両親が、あなたとの結婚を許すと思う？」

彼女は嘲笑い、さらに言葉を続ける。

「私は父の知り合いから貴悠さんを紹介してもらったの。つまり、世間では私たちの家柄が釣り合っていると見なされているってこと。そもそもあなたとは違うの」

明花さんの話を聞いて、私が以前絹華で立ち聞きしてしまった地位と名誉のある近衛様と二階堂様ふたりの会話を思い出す。

畳みかけるように言いきった明花さんは、呆然とする私を見て満足げに微笑んだ。

「どうかしら？　これでもわからないなら、私にも考えがあるわ」

目つきや言葉遣いまで変わってしまい、頭がますます混乱してしまう。

「どういうことですか？」

「貴悠さんはね、阿久津の御曹司でありながら、医者ということにもプライドを持っているの。できることなら、自分を頼ってきてくれる患者の命を救う外科医を続けていきたいと。でもあなたが別れてくれないのなら、彼のそのプライドをズタズタにしてあげる」

ニヤリと片方の口角を上げて笑う明花さんの表情を見て、ゾクッと背筋が寒くなる。

彼女の言っていることがまったく理解できない。どうして自分の好きな人のことを、私利私欲のために傷つけることを考えられるのだろう。

「な、なにをするつもりなんですか？」

「そうね。あなたを苦しめるために、パパに頼んで彼が誇りに思っている〝医者〟でいられなくなるように仕向けるとか？　そのほうが医者を辞めて阿久津の経営に携わってほしいと思っている阿久津のおじさまも、手間が省けるって喜ぶかもしれないわね。貴悠さんはかたくなに拒否しているみたいだけど」

そう言って高笑いする明花さんに、沸々と怒りがこみ上げる。でもなにも言い返せずにいると、興奮したからだろうか気分まで悪くなってきて「うっ……」とつわりが起きてしまう。明花さんが「えっ？」とひと言、訝《いぶか》しそうな目つきを私に向ける。

「嘘でしょ……。もしかしてあなた、妊娠しているの？　信じられない。あなた、なに様？　身の程をわきまえなさいよ。あなたも子どもも、彼の仕事の邪魔になるのよ！」

明花さんは怒鳴るようにそう言い放つ。彼女の言うことはもっともかもしれない。だって私には権力も後ろ盾も、なにもない。彼が外科医と知ったときは、ずいぶんと思い悩んだ。今だって医者である貴悠さんのことを、自分がどう思っているのかよくわからないままだ。

ただ、彼が医者という仕事にプライドを持っているのなら、多くの患者さんを助けたいと思っているのなら、私は貴悠さんに医者を続けてもらいたいと思っている。だけど、私に医者の妻が務まるのか、母のようになれるのだろうか。

それに結婚は当人だけではなく、家同士の問題でもある。私と貴悠さんでは住む世界が違う——。

認めたくはないけれど、明花さんの言うことは一理あるのだ。分不相応の私がそばにいたら、きっと彼の人生の足枷《あしかせ》になってしまう。彼に迷惑はかけられない。だったら、どうすることが一番いいのか。

今は明花さんの言葉に混乱していて、どう答えればいいのかわからない。

「すみません。ちょっと待っていただけますか……」

とうとう言葉まで紡げなくなってしまった。

「そりゃ、そうよね。庶民のあなたになんて、私たちの住む世界は想像もできないでしょうね。わかった。少し時間をあげるから、よく考えるといいわ」

そう言って立ち上がると、明花さんは連絡先が書いてあるカードを私に差し出した。

「でも、最後にこれだけは言っておく。私は貴悠さんを諦めるつもりはないから、覚えておいて」

彼女はそう力強い言葉を言い残し、部屋から出ていった。

緊張の糸が切れたのか、ひとりになると体から力が抜けて、その場にぺしゃんと座り込む。

「どうしたらいいの……」

明花さんの言うことはもっともで、貴悠さんのことが好きという気持ちだけではまかり通る世界ではないこともよくわかった。

家庭を持つことに興味のなかった私が、貴悠さんとなら……なんて思うことが、そもそも間違いだったのかもしれない。

貴悠さんは国内屈指の大企業の御曹司、一方私は外科医だとはいっても勤務医の娘。家柄が違いすぎる。

それだけじゃない。父への嫌悪感が払しょくできていない私に、医者の妻を務められるわけがない。

貴悠さんのことが好きな気持ちは今でも変わらない。でも明花さんが『私は貴悠さんを諦めるつもりはないから』と言ったときの毅然《きぜん》たる態度が頭から離れない。

私は、彼女の気迫に負けてしまったのだ。そんな自分が悔しくて仕方がない。

ひと晩考えた私は、医者の妻になる自信のなさと家柄のことが拭いきれず、貴悠さんと別れることを決意。明花さんに連絡を入れた。

「私が貴悠さんと別れれば、本当に彼にはなにもしないと約束してくれますか?」

『もちろんよ、約束する。でも別れるだけじゃダメよ。彼の前から今すぐ消えてちょうだい。そして二度と彼の前に現れないで。よろしくて?』

「……わかりました」

これでいい。こうすることが、きっと貴悠さんのためになる。

貴悠さんに会うことは、もう決して許されない。彼が帰ってくる日までに、姿を消さなければ……。

そうして私はすぐの引っ越しの準備を始め、貴悠さんになにも告げないまま、一番安心できる場所……絹華を去った。

俺の人生は俺が決める　貴悠 side

「阿久津、どうした？　難しい手術が無事に終わったというのに、なんでそんなしけた面してるんだよ？」

一緒にオペに入っていた坂井が、後ろからドンと俺の肩を叩く。

「痛い。お前はいつもひと言余分なんだよ。しけた面なんてしてない。緊急手術に六時間もかかったんだ、疲れただけだ。お疲れ」

坂井との話をさっさと切ると、医局に向かおうとしてくるりと踵《きびす》を返す。その足で向かったのは、医者や病棟スタッフが仮眠や休憩をとれる個室の休憩室。まだ朝の早い時間とはいえ医局では落ち着かない。今はひとりになりたかった。

休憩室に入ると白衣を脱ぎ、ベッドの縁に座る。

「しけた面か……」

坂井の言葉を思い出し、自虐的に笑った。

俺の表情を一見するだけで見破るとは、さすがは坂井。学生のころ、寝食を共にしただけのことはある。

疲れて重たくなった目を閉じると、瞼の裏に浮かぶのは美尋の朗らかな笑顔。

もっと美尋に会いたいと思っているが、思った以上に時間がない。

この前近衛社長に連れられて絹華に行ったとき、美尋に『来週から二週間ほど出張だが、戻ってきたら必ず連絡する』と言ったが、まだ連絡できずにいる。

出張から戻ってきてから大きな手術の連続で、まったく時間が取れないのだ。

ほかの医師よりも直接患者の命にかかわってくるのが外科医だ。その中でも俺は心臓血管外科医で手術時間も長く、長時間にわたり集中力を保たなくてはいけない。

さらに緊急手術となれば臓器の外傷もひどいことが多く、術後の急変も珍しくない。手術でひとつでもミスをすれば多大な影響が出るし、手術の結果まで責任がついてまわる。

しかし、それだけに自分が執刀した患者が元気に退院することは医者冥利に尽きるし、自分の手で患者を救ったという喜びが実感できるのも外科医の醍醐味《だいごみ》なのだ。

でもそれは、こっち側の事情。今終わった手術のように、あるいは内容によっては十時間にも及ぶこともあって、余裕ができるのは夜中ということも少なくない。美尋はもう寝ているだろうと思うと連絡できずに、気づけば時間だけが経ってしまっていた。

俺はなにをしているのか。これでは美尋の父親と同じじゃないか。

美尋と初めて食事に行ったときに、彼女の父親が医者だということを知った。彼女に安心感を与えて医者への懸念を払しょくした上で、自分が医者だということを伝えたい。

――そう思っていたのに、うまくタイミングが合わず話せないままになってしまった。

なんだこのざまは。自分で自分を殴りたいくらいだ。

このままでは安心感を与えるどころか、美尋からの信頼を完全に損ねてしまう。早くなにかアクションを取らないと……。

今ごろ美尋は、なにをしているだろうか。

電話でもいい、美尋の声を聞きたい。でもまだ朝の五時を過ぎたばかりで、こんな時間に起こすのは申し訳ない。病棟の回診の前に連絡ができればいいのだが……。

お世辞にも寝心地がいいとは言えないベッドに寝転び、天井を仰ぎ見る。疲れからだろう、急に睡魔に襲われてそっと目を閉じた。

悪い……少しだけ寝かせてくれ……。

でも俺のそんなささやかな願いは、ＰＨＳのオンコールに阻まれる。

「もしもし？」

『阿久津先生！　救急患者さん、心肺停止です！　すぐに来てください！』

「わかった。すぐに行く」

看護師のわめくような声に、一瞬で目が覚める。一刻を争う状況なのかもしれないと、素早く白衣をまとった。

しかし、また美尋を待たせることになるかと思うと心が痛む。でもとにかく今は患者が先だと、胸の痛みをこらえながら休憩室を飛び出した。

出張から戻ってきてから、四日が経った月曜日の早朝。

仮眠をとり医局に戻ると、交通事故の患者が救急搬送されてきて、緊急手術をすることに。結局十時間を要する手術となり、その後も病棟回診やスタッフと治療方針について話し合うカンファレンス、内科医を交えての相談や細かな病棟業務と息つく暇もない。

夕方からは感染症や呼吸器についてのカンファレンスにも参加。さらにこの日は月に三度ほどある当直の日で、その間にも次から次へと運ばれてくる患者の診察や治療をした。

翌日は当日休むことになった先生の代わりに臨時で駆り出され、病棟業務に入って術後の管理をし、最後に緊急手術をひとつこなして今に至る。

独身とはいえ、病院側は俺のことをなんだと思っているんだ。

憤慨しながらもほんの少しの仮眠をとり、病院を出て車に乗り込む。腕時計で時間を確認すると。

「よし、十時は過ぎてるな」

美尋の勤務時間は、基本十三時から二十三時まで。寝たのが二十四時を過ぎていたとしてもこの時間なら美尋も起きているはずだと、遅くなってすまないと思いつつ彼女に電話をかける。

しかし何度コールを待っても美尋は電話に出ない。まだ寝ているのだろうか？　それとも今日は休みで出かけている？

どちらにしても美尋が電話に出ることはなく、一度電話を切る。どうしたものかと思案したあげく、エンジンをかけると車を走らせた。

向かうのは絹華で、女将のところ。美尋が住んでいるアパートは知っているが、まだ一度も行ったことがない。付き合っているとはいえいきなりアパートを訪ねるのはどうかと思い、彼女の母親代わりの女将に了承を得てからにしようと思ったのだ。

アクセルを踏み込む足に力が入る。美尋に早く会いたい……。

一分一秒を無駄にしたくないと焦る気持ちを抑えながら、法定速度ギリギリのスピードで絹華に向かう。小一時間で到着すると店の前に女将がいて、車から降りると声をかける。

「おはようございます」

「はいはい……って、阿久津さん!? お、おはようございます」

女将は俺に挨拶をするが、気まずそうに目を逸らす。

明らかに、なにか様子がおかしい。いや、俺の勘違いだろうか。若干の違和感を覚えつつも、女将に向かって深々と頭を下げた。

「すみません。美尋に電話をしても出ないのでアパートに行きたいと思っているのですが――」

「美尋ちゃんは、もういませんよ」

「は？ 今なんて……」

「美尋ちゃんは絹華を辞めました。アパートにもいません」

「辞めた？ それは、どういうことですか？」

「お心当たりはないですか？」

女将は睨むように険しい表情を俺に向けている。どことなくとげとげしい口調で、彼女が怒っているのは明白だ。

これは間違いなく、俺がなにかをしたということだろう。心当たりがない……とは言えない。俺から連絡をすると言っておいて、今日までそれを怠ってしまった。仕事だったとはいえ、申し訳なかったと思っているし反省もしている。

でもあの温和で心根の優しい美尋が、俺からの連絡がないということだけで姿を消すとは思えない。彼女が絹華を辞めてまで姿を消そうと思ったのには、もっとなにか衝撃的なことがあったということだろう。

「女将さん、すみません。なにがあったのか教えてください。お願いします」

頭を下げた俺を見て女将は、仕方ないかと渋々話し始めた。

「じゃあ、ひとつだけ。阿久津さんは、美尋ちゃんが医者嫌いだということをご存じですか？　実は彼女、近衛様のお座敷であなたが外科医だということを知ってしまったの」

そう言って女将はため息をついた。

「……そういうことですか」

俺が医者だと知ったときの美尋が、どれほどショックを受けたことか。そのことを思うと胸が痛くなる。

彼女が医者を嫌っていると知って、自分が医者だということをすぐに明かさず、タイミングを見計らうことにしたのは俺自身だ。

ここにきて、それが仇《あだ》になるとは……。

どうしても美尋を手に入れたい——その一心で、医者への疑念を払しょくした上で自分が医者だということを伝えようと、仕事のことには触れずここまできてしまった。

こんなことになるなら初めから医者だと伝え、俺は美尋を絶対に裏切らないと付き合いの中で彼女に安心感を与えていれば……と後悔の念に駆られる。

「阿久津さん、ごめんなさい。これ以上、私から話すことはなにもありません。美尋ちゃんのことは早く忘れて、あなたはあなたの人生を生きてください。失礼いたします」

女将は俺に会釈するとなにかをこらえるように下を向き、そのまま店の中へと走り去ってしまう。美尋のことで聞きたいことはまだ山のようにあったが、どうやら聞き出すことは無理そうだ。

車に戻り、ハンドルに顔を伏せる。すると、さっきの女将の言葉が思い出された。

美尋ちゃんのことは早く忘れて、あなたはあなたの人生を生きてください——。

早く忘れろ？　俺は俺の人生を生きろ？　そんなこと、できるわけないだろう。そばに美尋がいたから、いつも笑いかけてくれたから、俺は俺らしく生きられるようになった。

その美尋がいなくなってしまった今の俺に、どう生きろというんだ。美尋と出会う前までの、ただのつまらない男に戻るだけだろう……。

後悔ばかりが押し寄せて、胃が締めつけられる、今さらなにを思ったところで遅いのに、自分のとった行動や選択を責めた。

でもそのときふと思う。女将の『あなたはあなたの人生を生きてください』という言葉はもしかすると、美尋が最後に託した俺への愛の言葉かもしれないと……。

しかし誰になんと言われようと、美尋のことを忘れることなんてできない。俺の人生は俺が決める、誰にも指図されたくはない。それがたとえ、美尋だとしても。

俺は美尋と共に人生を生きていく——。

ハンドルから顔を上げ、どこにいるのかわからない美尋のことを思って真っすぐに前を見据える。どれだけ時間がかかろうとも絶対に彼女を捜してみせる……そう心に決めると、俄然《がぜん》ヤル気がみなぎった。

「待ってろよ、美尋……」

その瞬間、俺の目に熱がこもるのを感じた。


しかしそんな気持ちとは裏腹に、美尋を捜すのにはかなり手こずった。もう二年近くも捜しているのに、美尋を捜す手立てがほとんどないのだ。

もちろん興信所を使うという手もあった。そうすればもっと早く彼女を見つけられるかもしれないと。でも、できなかった。

興信所の調査員の存在を知ってしまったら、彼女がどう思うのか。そのことが心配で、頼むことができなかったのだ。

俺は美尋のことを知らなすぎた。彼女のことで知っているのは絹華で働いていたことと、母親は早くに亡くしていること。そして父親が、俺と同じ外科医ということだけ。

絹華の女将に何度も頭を下げ美尋の居場所を聞き出そうと試みたが、幾度となく失敗に終わる。

もう見つけられない、もう会うことができないかもしれない——。

そう、半ば諦めていた。

しかし急遽《きゅうきょ》参加することになった医療関係の講演会で、海野広志《ひろし》という医師を紹介された。つくづく自分は海野という名前に縁があるのだと思ったが、彼の話を聞いていると『二十九歳になる娘がいる』とか『娘とは、もう何年も会っていない』と美尋と重なることが多いことに気づく。

これは、もしかしたら……。

そう思い美尋の名前を出すと、『どうして美尋のことを知っている？』と、逆に質問攻めにあうことに。間違いなく、彼は美尋の父親だったのだ。

疎遠と聞いていたが、美尋の居場所を知っているだろうか。

一縷《いちる》の望みをかけて美尋とのなれそめから今現在の状況を話し、どうしても彼女に会いたい、居場所を教えてほしいと頼み込んだ。しかし、なぜか美尋の父親は俺のことを知っているようだった。そのせいなのか、俺が医療関係以外の話をしようとしてもまともに相手にもしてもらえず、訝しがられる始末。

だがここで諦めるわけにはいかないと仕事で会うたびに、俺は頭を下げ続けた。すると半月近く経ったころ、どういうわけか彼から食事に誘われた。

俺のことを信用してくれたのか、それとも俺の粘り強さに根負けしたのか、美尋が名古屋で暮らしていることを教えられる。併せて一通の封筒を渡された。それは美尋の母親が自身の夫宛てに書いたもので、当時の彼女の気持ちがつづられているという。

疎遠になっている美尋にこの手紙を見せたほうがいいのか、ずっと悩んでいたらしい。美尋の身を案じていて、できることならば親子関係を回復させたいと。

だったらこの手紙は絶対に美尋に読ませるべきだと思った俺は、美尋の父親から手紙を預かり名古屋にいる美尋に会いに行くことを決めた。

やっと美尋に会える――。

花が咲いたような彼女の笑顔を思い出し、一秒でも早く美尋に会いたいと胸の高鳴りを覚えた。

再び動きだす心と初めて知った真実

「お疲れさまでした。お先に失礼します」

「美尋ちゃん、ちょっと待って。売れ残りのパンで申し訳ないけれど、はるくんとたっくんに持っていってあげて」

「わあ、いつもありがとうございます。喜びます」

私のパート先『ニコパン』オーナー婦人の景子《けいこ》さんから、紙袋いっぱい入ったパンを受け取る。袋の中を見ると、悠斗《はると》が好きなクリームパンと貴斗《たかと》が好きなあんパンが入っていて、景子さんの心遣いに感謝する。

「美尋ちゃん、お迎えの時間はいいの？」

「あ、そうでした。じゃあ、また明日」

「はいはい、気をつけて」

そう言って手を振る景子さんに手を振り返しながら店を出ると、ふたりが待つ保育園へと向かう。十七時を過ぎた空はすっかり暗くなっている。けれど十二月に入ったばかりの街はクリスマスのイルミネーションが点灯していて、どこもかしこもきらびやかだ。ついつい見入ってしまい、「あ、いけない」と走りだした。

「悠斗、貴斗、お待たせ」

「あ、ママー」

先に私に気づいたのはお兄ちゃんの悠斗で、すぐに駆け寄ってきて両腕を上げる。これは悠斗の〝抱っこして〟の合図で、「しょうがないなぁ」と彼をヒョイと抱き上げた。ずいぶんと重くなった我が子に頬が緩む。

それにしても貴斗の姿が教室には見えない。どこにいるのだろうとキョロキョロ捜していると、先生と手をつないで教室に入ってくる貴斗を見つけた。悠斗を抱っこしたまま近づく。

「貴斗、どうしたの？」

少ししゃがんで彼の顔をよく見ると、頬のあたりに涙のあとが残っている。これはもしかすると、なにかやらかしたな。

「お母さん、ごめんなさいね。ついさっきおやつのジュースをこぼしちゃって、お着替えをしてきたところなんです」

やっぱり……。

二卵性双生児だからか弟の貴斗は悠斗の無邪気で明るい性格とは正反対で、おっとりしていておとなしい男の子なのだが、おっちょこちょいなのが玉に瑕《きず》。しかも泣き虫だから、もう少し男らしくなってくれたらなと思っている。

なんて、まだ二歳と四カ月の子に男らしくはどうかと思うけれど。

「貴斗。先生にありがとうした？」

「ちてない。あーがと」

「はい。よくできました。偉いね、貴斗は」

貴斗の頭を撫でると、うれしそうに笑う顔に癒やされる。でも次の瞬間「抱っこ」とせがまれて、「よし」と貴斗も抱き上げた。それを見て先生は「お母さん、すごい」と驚くけれど、毎日抱っこしていれば自然と腕に筋肉がついて、このくらい楽勝でできてしまうのだ。

とはいってもずっとは無理で、ふたりを床に下ろす。先生から二人分の荷物を預かりそれをリュックに詰め込むと、三人で一緒に「さようなら」と先生に挨拶をして帰路についた。

私がどこに行ったのか、貴悠さんには絶対に言わないで——。

そうアッコさんに念押しして絹華を去ってから、三年近く経とうとしている。

貴悠さんと別れる――そう明花さんに返事をした日。私は絹華へ行き、店を辞めたいと伝えた。アッコさんは最初こそ難色を示したけれど私の決心は固いと察し、これ以上なにを言っても無駄だと思ったのだろう、最後は首を縦に振ってくれた。もちろん渋々だったのはわかっている。

その日から荷物をまとめ、数日後にひとりで向かったのは、母方の叔母《おば》にあたる諭《さと》子《こ》おばさんが住む名古屋。

叔母は若いころに旦那さんと死別していて子どもがいない。今は旦那さんが残してくれた不動産の家賃収入で生計を立てていて、自由気ままに過ごしている。

まだ母が生きていたころはよく名古屋に遊びに来ていて、そのたびに動物園や水族館に連れていってもらい、我が子同然にかわいがってもらった。母が亡くなってからも悩み相談の相手はいつも叔母で、年は離れているけれど姉妹のような関係だ。

そんなこともあってか、叔母はなんの連絡もせずに突然現れた私を快く受け入れてくれた。しかも叔母が所有する近くのアパートの一室を提供してくれて、私はそこで暮らすことになった。

でも私が妊娠していることを伝えると、事情を知った叔母は出産には猛反対した。

叔母も母に似てとても優しい人で、だからこそ私のことを心配して反対したのだろう。苦労するのはわかっている。それでも好きな人の子どもを産みたいと必死に訴えると、叔母も最後は私の熱意に負けて『美尋がそう言うなら』と産むことを理解してくれた。

その後、生活費は絹華で働いていたときの貯金で賄っていたけれど、事あるごとに叔母が『なにも心配しなくていい』と言って用立ててくれた。

そして、そのおよそ半年後の八月、私は双子の男の子を無事に出産。名前は貴悠さんからもらい、貴斗と悠斗と命名した。

それからの毎日は、寝不足との戦いだった。

初産だったからか、それとも疲れがたまっていたからか思うように母乳が出ず、泣く泣く粉ミルクに頼る日々。

ある日のことだ。朝起きると哺乳瓶の部品がばらばらになって、部屋中に散乱していたことがあった。どうしてこうなったのか記憶をたどるものの、夜中にふたりが同時に泣いて哺乳瓶を用意したところまでは覚えているが、それからの記憶がまったくない。なにをどうすると哺乳瓶が散乱するのかと謎だったけれど、母乳が出ていたらこんなことにはならなかったと、かなり落ち込んだ。

大変だったエピソードはまだまだ山ほどあるけれど、どんなときも叔母が助けてくれた。そして、なにより悠斗と貴斗の笑顔が私を奮い立たせてくれた。

そして、そのとき誓った。この子たちを絶対に幸せにすると——。

悠斗と貴斗が一歳半になったころ、ふたりを保育園に預け、『ニコパン』でパートを始めた。叔母は保育園に預けるのはまだ早い、私が面倒を見るから大丈夫と言ってくれた。その言葉はとてもありがたかったけれど、叔母もう五十代後半だしひとり暮らしで無理はさせられない。いつまでも頼るわけにはいかないと丁重にお断りした。

もちろん子どもたちと一緒に過ごす時間が少なくなるから、寂しい思いをさせるのではないかという心配もあった。でもお友達もできて園で楽しそうに過ごしているふたりを見ると、入園させてよかったと今は思っている。

「……ママ？」

いつもは歌を歌いながら帰る道を、今日は黙ったまま歩いている私を見ておかしいと思ったのか、貴斗が顔を上げて私を呼んだ。

「ごめん、ごめん。お歌を忘れてたね。今日はなにを歌って帰ろうか？」

「でんでんむしー」

今度は悠斗が大きな声でリクエストしてきて、「じゃあ、三人で歌って帰ろう」といちにのさんで歌いだす。

「でーんでんむーしむしかーたつむりー、おーまえのあーたまはどーこにあるー、つのだせやりだせあたまだせー」

悠斗と貴斗の歌はまだへたくそだけど、保育園のお遊戯会で覚えた踊りは上手に踊れている。なんとも言えないかわいらしいふたりの姿に笑みがこぼれた。

この子たちを絶対に幸せにすると誓ってから二年。

自分が下した選択が正しかったのかはわからない。けれど叔母のサポートや職場の人たちの理解もあって、シングルマザーとしてうまくやっている。私たち三人は今、とても幸せだ。

私たちが住むアパートは、もうすぐそこ。

「悠斗、貴斗、おうちまで競争だ。行くよー、よーいドン！」

一生懸命走るふたりの後ろ姿を見ながら、「待て、待てー」と追いかける。しばらくするとアパートの前に叔母が立っているのが見えて、私は大きく手を振った。

「諭子おばさん、ただいま」

するとふたりも私の真似をして「ただーまー」と、ふたりは同時に叔母に抱きつく。

叔母は私たちのことが心配なのか毎日帰りを待っていてくれて、これがいつものパターンになっている。

「美尋、おかえり。今晩はあなたが大好きな、ブリの照り焼きと茶碗蒸《ちゃわんむ》しにしようと思ってね」

「やった！　諭子おばさん、いつもありがとう。毎日作ってもらって、ごめんね」

「なに言ってるの。そんなこと気にしなくていいから、早く手を洗ってきなさい。ほらほら、はるくんとたっくんも」

叔母に追い立てられて、悠斗と貴斗は大喜びで部屋へと入っていった。

翌日の朝。隣で寝ていた悠斗に、思いっきり頭を蹴られて目が覚める。

「どうして毎日、反対向きになるかなぁ」

蹴られた頭をさすると、悠斗を抱っこしてもとの場所に戻す。一方貴斗を見ると、朝までほとんど動かず寝たときの姿勢のまま。二卵性だとこうも違うものなのかと、思わずプッと噴き出してしまう。

二歳を過ぎたころから赤ちゃんっぽさも消えてきて、元気いっぱいのやんちゃな男の子に成長した。ときどき貴悠さんを思い出させるような笑顔をするから、ドキッとしてしまう。

私のことは早く忘れて、あなたはあなたの人生を生きて——。

そう心の中で願い貴悠さんの前から消えたくせに、私は彼のことをまだ忘れられずにいる。もちろん貴悠さんは、子どもたちのことはなにも知らない。

「未練がましいよね……」

「んぅ……ママ？」

私の独り言で起こしてしまったのか、貴斗は私の左手を強く握り心配そうな顔をしている。気づけば悠斗も同じように見ていて、二卵性でもたまにはシンクロすることもあるんだと思わず「双子ってすごい」とふたりをギュッと抱きしめた。ついでに脇をくすぐるとキャッキャッと大はしゃぎするから、私まで楽しくなる。

まだ七時前で起きるには早いが、二度寝してしまうと起きられる自信がなくて布団の上に起き上がる。

「はるくんも、おきる」

「えっとぉ……たっくんも」

悠斗と貴斗は、もう少し寝かせておこうと思っていたけれど仕方がない。

ふたりを布団の上に座らせると、保育園用のジャージにお着替えをする。悠斗は青で、貴斗は緑だ。間違えないように、服の色は大体がそのパターンで買っている。

平日は基本、パート先でもらったパンを食べている。でも早起きした日くらいは私が作ろうとふたりも連れてキッチンに行くと椅子に座らせ、彼らが好きな甘じょっぱい玉子焼きとタコさんウインナーを焼く。サケのおにぎりも作ると、ふたりが気に入っているキャラクターがプリントされたお皿にのせた。

「うわー、おいしそうだねー」悠斗が言うと、貴斗も「だねー」と目を輝かせる。いつものことだけれど、かわいいふたりの表情に口もとがほころんだ。

早起きしたからといつもより時間をかけて朝食をとった結果、結局いつもと変わらない時間になってしまう。急いで出かける準備を整えると、三人並んで玄関に立つ。

「いってきまーす」

三人で声を合わせて挨拶するのはいつもの決まり。戸締りをすると、三人で手をつなぎ保育園へと向かった。

ありがたいことに保育園と『ニコパン』のどちらも、アパートから歩いて十分圏内にある。雨の日は叔母に車で送ってもらうこともあるけれど、天気のいい日はできるだけ歩いていくようにしている。

でも今朝はちょっと寒い。もう十二月に入ったのだから当たり前なのだけれど、暖かい服装をさせているとはいえ悠斗と貴斗が風邪をひかないか心配だ。

「お外に行くときは、ちゃんとあったかい格好をして遊んでね」

「わかったー」

元気だけは一丁前だが、これは全然わかっていない返事だ。先生たちも気にしてくれているから、大丈夫だとは思うけれど……。やれやれと言わんばかりに、ふたりを見下ろす。

今日は順調に保育園に着きそうだ——と思っていたら、いつもの通り道に見覚えのある黒い高級セダンが止まっていて足を止めた。子どもたちも私に合わせるように止まる。

いや、まさか違うよね。いくら世界最高峰の高級セダンだといっても、この世の中に一台しかないわけじゃない。だから大丈夫、心配するなと自分に言い聞かせる。

でも車の運転席のドアが開き中から出てきた人を見た瞬間、予期せぬ再会に体が固まって動けなくなってしまった。

「美尋」

「貴悠さん、どうして……」

信じられない光景に、思わず手で口もとを塞ぐ。

彼が、どうしてここに？

三年近くも経っているというのになにも変わっていない貴悠さんの姿と声に、胸の奥にひた隠しにしていた彼への思いがこみ上げる。

「……ママ？」

突然彼が現われて気が動転している私を心配したのか、貴斗がつないでいる手を思いきり引っ張った。

「え？　あ、ご、ごめんね。早く保育園に行かないとね。す、すみません、失礼します」

現実に引き戻された私は、まだ登園時間には十分間に合うのにわざとらしくそう言うと、ふたりを同時に抱きかかえて走りだす。今はとにかく、ここから離れないと……。

「美尋！」

彼の私を呼ぶ声にも振り向かず、ひたすら走って保育園に向かう。

私がここにいることが、どうしてわかったの？　知られたくなかったのに。しかも、双子の存在までバレてしまうなんて……。

動揺から体が震える。

貴悠さんの性格を考えると、このまますんなり帰ってくれるとは思えない。だからといってなにを話せばいいのか、突然のことで頭の中は真っ白だ。

それでもなんとか気持ちを落ち着かせようと深い呼吸を繰り返し、無事にふたりを保育園に送り出す。無邪気に「ばいばーい」と手を振る我が子に苦し紛れの笑顔を返すと、急いで保育園を出た。案の定、彼は待っていて、眉根を寄せて私のことを見つめている。

「聞きたいこと、言いたいことがたくさんある。話し合いの時間をつくってはもらえないだろうか？」

「そう言われても……」

「美尋と話ができるまで、毎日でもここに来る」

「そ、そんな！　だって貴悠さんには病院に患者さんが……」

彼は外科医で今日ここに来るのだって無理をしたのだろうに、それを毎日だなんてそんなことさせるわけにはいかない。そもそもここは名古屋なのだ。それなのに貴悠さんは私の言葉を聞いて、表情を和らげた。

「そうだな、俺には患者が待っている。でも今は、美尋が最優先だ」

「私が最優先……」

患者さんと私。当然患者さんのほうが大切なはず。そんなことわかりきっているのに、嘘でも私が最優先だと言ってくれたことがうれしくてたまらない。

彼は父とは違う——そう思わずにはいられない。

「もちろん患者のことも考えているが、俺には信頼できる同僚や仲間がいる。それに、十分なチーム体制も整えてきた。だから一週間でも一カ月でも、美尋をここで待つ」

でもその彼の発言で、一瞬で真顔に戻る。一週間とか一カ月とか、さすがに本気ではないだろうけれど、彼なら本当にやりそうだから恐ろしい。

だったらどうするべきか……。おのずと答えは導かれる。

「貴悠さんとの話し合いに応じます。でも今から仕事で……」

私のことを真っすぐに見る貴悠さんの目に耐えられなくなって、彼から目を逸らす。

「なんとか時間は取れないか？」

「……わかりました。でも今日の今日ではなんとも言えません」

「そうだな……」

ここにいると知られてしまったからには、先延ばしにするわけにはいかない。私のことはともかく、悠斗と貴斗は紛れもなく貴悠さんの子どもなのだから。

彼がふたりのことを知ってどう思うのか、怖くてたまらない。ひとりで育てると決めたのだから、貴悠さんに迷惑をかけるわけにはいかない。けれど悠斗と貴斗は彼の子どもで、本当のことを知る権利があるのかもしれない。

でも本当のことを話して、子どもたちが拒否されたら？

まだなにも話していないのに、不安ばかりが膨らむ。子どもたちのことは話さないほうがいいのかもしれない。

ふと寒さで冷たくなった両手をこすり合わせようとしたとき、さりげなく彼の右手が私の左手を取って握りしめた。まさかの彼の行動に、心臓が痛いくらいに大きな音を立てる。

「た、貴悠さん……離して」

「俺の連絡先はまだ――」

「消していません。だからなんだって言うんですか？　話すことはなにもありません。お引き取りください」

「そうか……。わかった」

貴悠さんはきっと、私が自分の連絡先を消してしまったと思っていたのだろう。彼のことを冷たく拒否したというのに、彼はホッとしたような表情で微笑した。

でも私は笑うことなんてできない。貴悠さんから目を逸らし、逃げるようにその場を離れた。彼の姿が見えないところまで来ると、緊張していた体からふっと力が抜けた。

正直な話、スマホを変えたときに貴悠さんの連絡先を何度も消そうとした。未練を残さないように、後悔しないようにと。でもなんのつながりもなくなってしまうと思うと寂しくて、最後の〝消去しますか？〟をタップすることはできなかった。

「どうしよう……」

そしてしばらくの間、その場から動けず呆然としていた。

仕事中も考えることは貴悠さんのことばかり。いきなりのことでまだ心の準備はできていないし、会うのはよそうかと迷っている自分がいる。だからといって、このまま逃げていてもなんの解決にもならない。どうしたらいいのだろうか……。けれど三年前とまったく変わらない彼の言動や姿に、相変わらずだなと安心してふと笑みが漏れた。

「でも……やっぱり、もう会わないほうがいいよね」

弱い心は、私にそんな言葉をつぶやかせる。

私ひとりのことなら、すぐにでも話し合いに応じただろう。でも悠斗と貴斗のことを考えると、私がひとりで育てるのではなく彼の協力を得たほうがいいのかと思ってしまう。

貴斗と悠斗には、父親が必要なのだと……。

仕事中だというのに、幾度となくため息が漏れる。

こんなことではオーナーや景子さん、それにお客さんにも迷惑をかけてしまう。とにかく今は仕事に集中しなければと、深呼吸をして邪念を払った。

どうかこれ以上、事が大きくなりませんように……と。

その後はありがたいことにお客さんもたくさん来て、レジや品出しに大忙し。

忙しくなれば嫌なことも忘れられる——とはよく言ったもので、仕事で動き回っていれば悩んでいる暇もなく時間は過ぎていく。あっという間に十七時になって、片づけを済ますと悠斗と貴斗を迎えに行くために裏口から店を出た。

貴悠さんが突然現れてから一週間が経った。結局あれから一度も、彼には連絡をしていない。まだ子どもたちのことを話す勇気が出ないのだ。

今日は叔母から食事に誘われていて、彼女も保育園に迎えに来てくれることになっている。悠斗と貴斗はそのことを知らないから、きっと大喜びするだろう。

約束の時間通りに保育園に到着すると、門の前で待っていた叔母と合流。いつものようにふたりを迎えに行き先生に挨拶をすると、四人で保育園を出て叔母の車が止めてある駐車場へと歩きだす。

と、そのときだった。

黒いボディーの車が走ってくるのが見えて、途端に落ち着かなくなる。逃げなきゃと思うのに足が動いてくれない。今は叔母も、それに悠斗と貴斗もいる。どうすることもできないまま立ちすくんでいると、貴悠さんが乗っているであろう車が目の前に止まった。

「美尋？」

叔母は私の様子がおかしいのに気づき、心配そうに見つめている。足もとを見れば子どもたちもキョトンとした顔で私を見上げていて、これはもう逃げている場合じゃないと心を決めた。

そうこうしているうちに貴悠さんが車から降りて、私の前に立ちはだかる。

「貴悠さん……」

彼はきっと、私が連絡してこないと見越していたのだろう。だから前回のときと同じように、保育園の近くで待っていたのだ。

「美尋。こちらの方は？」

突然の知らない男性の出現に叔母は驚き、悠斗と貴斗をかかえて身構える。叔母の「こちらの方は？」の問いかけに、貴悠さんは深々と頭を下げた。

「はじめまして。本日は突然お邪魔する形になってしまい申し訳ありません。美尋さんとお付き合いをさせていただいている、阿久津貴悠と申します」

「お、お付き合いって……。諭子おばさん、違うの。勘違いしないで」

貴悠さんと付き合っていたのは、三年も前の話だ。なにを言っているのかと彼を睨みつけた。けれど貴悠さんはひるむことなく、真っすぐ前を向いたまま凛《りん》として立っている。

「美尋。この方、もしかして――」

「諭子おばさん！　その話はあとで」

叔母の言葉の続きが容易に想像できて、つい大きな声を出してしまった。今ここで話をするのはマズいと、慌てて貴悠さんの腕を掴む。

「ちゃんと話をしますから、今はなにも言わないでください。お願いします」

貴悠さんにそうお願いすると彼の腕を掴んでいた手を離し、叔母に向き直る。

「あなたのその表情を見れば、大体のことは想像できるけど。この子たちのことは私に任せて、ふたりでしっかりと話し合ってきなさい」

「諭子おばさん……」

それでも気がかりなのは子どもたちのこと。叔母はそんな私の気持ちに、すぐ気づいたのだろう。少し迷ったけれど、ここは叔母の気遣いに甘えてふたりのことは任せることにしようとその場にしゃがみ込む。悠斗と貴斗に目線を合わせ、にこりと笑ってみせた。

「ママ。このおじさん、だれ？」

悠斗がそう言って、貴悠さんに指をさす。貴斗も貴悠さんに興味津々なようで、彼のことをじっと見上げている。

「こら、悠斗。おじさんじゃないでしょ。この人はママのお友達なの」

「おともだち？」

「そうよ。ママ、お友達と少し話があるから、ふたりは諭子おばさんのところで待っててくれる？」

私の話を聞いて、悠斗と貴斗が顔を見合わせる。意味がわかっていないのだろう、困ったような顔をするふたりを見て叔母が助け舟を出してくれた。

「ふたりの好きなお菓子あるけど、叔母さんのおうちで一緒に食べない？」

叔母からの素敵な提案に、ふたりが目をキラキラさせる。

「え？　おかしあるの？　たっくんたべる！」

「はるくんも！」

いつもなら夕飯の前にお菓子はダメと言うけれど、今日のところは致し方ない。叔母も慣れたもので、ふたりと手をつなぐと「この子たちの気が変わらないうちに行くわね」と私に耳打ちし子どもたちを車に乗せて帰っていった。

貴悠さんとふたりだけになってしまい、なんだか心もとない。顔を見ることができずどうしたものかと考えていると、貴悠さんに腕を掴まれた。ハッとして顔を上げた瞬間、彼の熱っぽい視線と交わる。

「さあ、乗って」

三年前と変わらない紳士的な振る舞いに、自分の表情が和らいだのに気づく。でもそれも一瞬で「ありがとうございます」と真面目に答えると、平常心を装って助手席に乗り込んだ。

気が重たい……。

助手席に乗ってしまったというのに、もう逃げ出したくて仕方ない。でも私のそんな思いを気にすることなく、貴悠さんは車を発進させた。観念するしかないと大きなため息が漏れる。

どこで話し合いをするのがいいのだろう。

近くにファミレスやチェーン店のカフェがあるけれど、ただ単に食事やお茶をするわけじゃない。話し合いの最中に感情的になってしまう自分が浮かんで、それはないなと首を横に振る。

これからの話し合いによっては、私たちの関係は変わるかもしれない。いいほう悪いほうどちらに転んだとしても、きちんと受け入れないといけないと思っている。

ふたりでしっかりと話し合ってきなさい——。

叔母に言われた言葉が脳裏に浮かび、ふたりだけで話をするならあそこしかないと貴悠さんを見た。

「貴悠さん。今からの話し合いは、私のアパートでいいですか？」

「ああ、かまわない。美尋たちが暮らしているところを見たいと思っていた」

美尋たちって……。

貴悠さんの、なにもかもを知っているような口ぶりに首をひねる。しかもまだ私がなにも言っていないのに彼は黙ったままアパートの方向へと車を走らせ、五分もかからずに到着してしまう。

「貴悠さん、なんでこの場所を……」

「そのことについても、なにもかも全部説明する。とにかく美尋と話をしたい」

こんなときでも冷静で落ち着いた口調で話す貴悠さんを見て、以前と変わらない彼にホッとする。

……なんて、落ち着いている場合じゃない。

アパートでいいですかなんて言っておいて、今さらながら子どもたちが遊んでいたぬいぐるみをそのままにして、急いで家を出てきたことに気づく。

ひとりであたふたしていると、貴悠さんが助手席のドアを開けて待っていた。「ごめんなさい」と慌てて降りると、アパートの階段を上り二階に向かう。貴悠さんも私のあとについてきている。

「すみません。散らかってますが……」

「言っただろう。美尋と〝ふたり〟で話ができるなら、どこでもかまわない」

貴悠さんがふたりの部分を強調して言う。もうこうなったら腹をくくるしかないと、私は玄関を開け彼を部屋へと招き入れた。私は床に転がっているぬいぐるみを拾い、大きなカゴに片づける。

リビングとして使っている日中は日当たりのいい南側の部屋に、少し距離をとるように二人分の座布団を敷いた。貴悠さんが腰を下ろすと、私も向かい合うように座る。

「美尋。まずは謝らせてほしい。三年前、俺は君に、自分が医者だということを言い出せなかった。理由があったとはいえ、バカなことをしたと思っている。本当にすまなかった」

なにを言うかと思えば、貴悠さんにいきなり謝罪されて、呆気にとられてしまう。呆然としている私に、彼は話を続ける。

「医者を嫌っている美尋に嫌われたくない……そんな思慮がない行動が、結局は仇となって返ってきてしまった」

話がますますわからなくなって、私は小首をかしげた。

「貴悠さん、ちょっと待ってください。確かに貴悠さんが医者だと知って最初は驚いたけれど、だからといって嫌ったりしません」

「じゃあ三年前、どうしてなにも言わず絹華を辞めて俺の前から消えた？」

突然質問してきた貴悠さんだったが、その口調はやわらかく以前と変わらないまま。当然のように責められると思っていたから、安心したというか拍子抜けしたというか、返事に戸惑ってしまう。

「そ、それは……。そうすることが一番いいと思ったからで……」

「俺のことが嫌いになったのか？」

「そんなこと、あるわけないじゃないですか！」

まるで見当違いのことを言われて、思わず大きな声が出る。それ以上言葉を紡ぐことができず、口を閉ざした。

そんなことあるわけないじゃない。好きだから、迷惑をかけたくないから、貴悠さんの前から姿を消したというのに……。

本当は、そう言いたかった。でも今さら好きだと伝えて、いったいどうするつもりなのだと自問自答する。一方で、あふれ出した彼への思いは止めることができなくて、胸が苦しくて押しつぶされてしまいそうだ。

「じゃあ、本当の理由を教えてほしい」

「……よ、よくわかりません」

苦し紛れに口から出た言葉には、まったくと言っていいほど説得力がない。自分でもなにを言っているのか、本当によくわからなくなってしまった。

「わからない？　よく言うな、そんな顔をして」

そんな顔をして――と言われても、今どんな顔をしているのか自分ではわからない。ただ貴悠さんの顔がぼやけてきて、目に涙がたまってきているのがわかる。瞬きをすればあふれ出てしまいそうで、頑張ったけれど結局こらえきれず涙が頬をつたう。

このままだと声を上げて泣いてしまいそうで、歯を食いしばりそれを必死にこらえた。

「美尋。長い間、ひとりにして悪かった。だが、もう我慢しなくていい。美尋はひとりじゃない。今は俺がここにいる」

貴悠さんはそう言って近づき、私の体を抱きしめた。彼が放った『美尋はひとりじゃない』という言葉に、涙が堰《せき》を切ったようにあふれ出す。

でも彼には、明花さんがいる。それなのに……。

どうしてそんな優しいことを言うの？　私を強く抱きしめるの？

歓びの中に、不安が入り交じる。彼の体にしがみつき胸に顔を埋めると、声を押し殺して泣き続けた。


どのくらいの時間、そうしていたのだろう。貴悠さんは私が泣いている間、ずっと抱きしめていてくれていた。泣きすぎて、涙はすっかり枯れてしまっている。

「少しは落ち着いたか？」

耳もとでささやかれたその問いに、私は小さく頷いた。貴悠さんのやわらかい声色に、それだけで気持ちが安らいでいくのを感じる。でも大泣きして過呼吸気味なのか、ひっくひっくとしゃっくりのようなものが一向に止まらない。

「す、すみません。みっともないところを、お見せして……」

「いや、みっともなくなんかないさ。こんなに泣くほどつらい思いをしてきたんだ。話す気になってくれるまで、俺はいつまでも待つから」

抱きしめられている今の状況に気づいた私は、慌てて彼から離れた。恥ずかしさから顔は熱く、心臓がバクバクと音を鳴らしている。

私は貴悠さんに抱きしめてもらおうと思って、ここへ連れてきたわけではない。話をするためだと呼吸を整えると、きちんと正座をして彼に真っすぐ向き直る。そのときふと、貴悠さんの左手が目に入った。

彼の長くて細い、綺麗な薬指に結婚指輪がない。結婚したからといって、みんながみんな結婚指輪をしているわけではない。とくに外科医は手術のときなど指輪を外すことが多いだろうから普段からはめていないとか？と、ついつい見入ってしまう。

「なんだ？俺の手がどうかしたか？」

「い、いえ。結婚指輪がないな……と思って」

「結婚？俺が？いったい誰と？」

彼の驚いた表情で、嘘を言っているわけでも冗談を言っているわけでもないのがわかる。私は明花さんと『彼にはなにもしない』約束を交わし、貴悠さんの将来と幸せを願って身を引いた。それなのに、貴悠さんは明花さんと結婚してないのだろうか。

どういうこと？　じゃあ明花さんとの話はどうなったの？

彼も私と同じように図りかねている様子で、思いきって聞いてみる。

「貴悠さん、明花さんと結婚されたんじゃないんですか？」

「明花？　ああ、二階堂教授の……。確かに近衛社長から紹介されたが、彼女とはなにもない。縁談の話も勝手に進められていたが、それももう終わったことだ。自分には付き合っている人がいるから結婚はできないと言ってはっきり断った」

明花さんは、私がいるから貴悠さんと結婚できないと言っていた。だから私が彼の前から消えれば話は進むとばかり思っていたけど、そうじゃなかったってこと？

「でもなんで、美尋が彼女と俺の縁談のことを知っている？」

「それは……」

貴悠さんが私の目を見て、言葉の続きを待っている。

「絹華で近衛様と二階堂様のお話がたまたま耳に入ってきて、立ち聞きしてしまったんです」

嘘ではない。初めて明花さんのことを知ったのは、あのときだ。

「なるほどね。あのふたり、俺と彼女の交際が順調に進んでるとでも言ってたか？」

私は彼の目を見て、固まってしまった。

「当たりだな。まさかそれで、俺が彼女と結婚すると思い込んだのか？　だから俺の前から姿を消した？」

私が微かに頷くと、彼は静かに息を吐いた。

「まさか。納得できないな」

貴悠さんの目つきが、わずかに鋭くなる。

「え？」

「そんなことなら俺に確認すれば済む話だし、それもなしに美尋が黙っていなくなるとは思えない。ほかにもなにかあるよな？」

「いえ、そんな……」

低い声で詰め寄られ、うまく返せずに言いよどんでしまう。明花さんとの間であったことは、できれば言いたくない。

明花さんは突然押しかけてきて初対面とは思えないくらい横暴だったし、その言い分も貴悠さんの気持ちなど少しも考えていない自分勝手なものだった。とはいえ、本人のいないところで貴悠さんに打ち明けるのは、告げ口みたいでフェアじゃない気がする。結果的に貴悠さんになんの相談もせず彼女の言うことを信じたのは私なのだから、なおのこと。

私が悩んでいる間、貴悠さんは険しい表情で私を凝視している。

「そんなに悩んでるってことは、誰かに気兼ねしているんだろ？」

しばらくすると、貴悠さんが表情を少し緩めて口を開いた。

「もちろんここだけの話にする。だから本当のことを話してほしい。俺を信じてくれ」

「……わかりました」

これ以上貴悠さんにごまかしは利かないと観念し、泣く泣く話をすることにした。

「実は……明花さんが私のところに来たんです。貴悠さんと別れてほしいと言われて、最初は断ったんですけど……」

「それで？」

「明花さんと結婚しないと、貴悠さんが医者でいられなくなると言われて……。結婚となると、貴悠さんと私だけの問題では済まされなくなると思ったんです、いろいろ。だから私は……」

あのときのことを思い出し、だんだんと声が小さくなってしまう。

明花さんに貴悠さんのプライドを『ズタズタにしてあげる』と言われたことは、伏せておいた。彼は気にしないかもしれないけれど、ショッキングな言葉に思えたから。それに明花さんの印象を、必要以上に悪くすることもないと感じたこともある。

「俺のことを思って、絹華を辞めて俺の前から姿を消したのか？」

「はい。分不相応と思ったので……」

小さな声でそう答えると貴悠さんは下を向き、これ見よがしに大きなため息を漏らした。

「バカだな、美尋は。しかし美尋をここまで追いつめたのは俺だよな。俺が美尋に、つらい思いをさせてしまった」

そう言って、貴悠さんは力なく肩を落とした。

「貴悠さん。明花さんとのことは、本当になにもなかったんですよね？」

ふたりの間に、男女関係があったと思っているわけではない。でも私のところに来た、あのときの彼女は異常だった。貴悠さんがほかに付き合っている人がいると言って断ったくらいで、すんなり諦めるとは思えない。

「さっきも言った通り縁談の話は本当だが、今はもう完全に終わっている。ただ彼女も長く食い下がり、周囲に婚約についてあることないこと吹聴したから、その火消しに手間取ったのは否めない。だけど彼女の話は全部嘘で、美尋が気に病むことはなにもない」

彼のハッキリとした物言いに、明花さんのことは大丈夫だと確信する。彼女が、名古屋まで来ることもなさそうだ。

「終わったこととはいえ、あのとき彼女が美尋のところに行くとは思いも及ばず、美尋のことを守れなかったことは俺の責任だ。申し訳なかった、許してほしい」

貴悠さんに畳に額がつくほど頭を下げられて、慌てて彼の体を無理やりに起こす。

「い、嫌です。そんなふうに謝らないで。あのときの私はいろんなことが一度に重なって正常な判断ができなかっただけで、でもそれは貴悠さんのせいじゃない、責任なんて言わないで」

彼の腕にしがみつき、懇願するような目で彼を見上げる。彼は愛に満ちたような温かい目で私を見ていて、自分の気持ちが伝わったと胸のつかえがとれたかのように気持ちが楽になる。

でも、明花さんと結婚していないってことは……。

「もしかして、医師の仕事を辞めさせられたってことはないですよね？」

私の中に、さらなる不安が押し寄せてきた。

「医者は、今もちゃんと続けている。そんなことまで心配してくれるのか？」

「私にはなんの力もないから貴悠さんを守ってあげることもできないし、明花さんになんて言ったらいいのかわからなくて。あのときは妊娠していることもわかったばかりで混乱してたし、とにかく私がいなくなるのが一番いいって、それで……」

感情的に興奮して取り乱した私の肩に、貴悠さんの手がのせられる。

「美尋、わかった。わかったから、少し落ち着け」

彼の声でハッと自分を取り戻し、気持ちを落ち着けようとはあはあと肩で息をして呼吸を整えた。

ゆっくりとした呼吸を続け、しばらくして平静を取り戻す。すると同時に今自分がなにを言ったのか気づき、私に寄り添う貴悠さんの顔を見上げた。

「私、今……」

「俺の聞き間違いじゃなければ、妊娠していると言った。保育園の前で会ったふたりは、美尋の子どもで間違いないな？」

妊娠のことを口走ってしまったからには、これ以上嘘はつけないと力なく頷く。

「そして、父親は俺だ」

「な、なんで、そうなるんですか。あ、あの子たちに父親は、いません」

苦し紛れに言葉を放った唇が、うまく動かず声が震える。

子どもはひとりじゃできないのに父親はいませんだなんて……。

自分のついたバレバレの嘘に、愕然と項垂れた。

「父親はいない……か、美尋が言いそうなことだな。じゃあ聞き方を変える。あの双子は、俺と美尋の子で間違いないな？」

私の名前を加えて、ふたりの子だということを強調するなんて……。少し聞き方が違うだけで、質問の内容は前と一緒じゃない。

貴悠さんの姑息《こそく》な手段に、「イジワル……」と小さな声でつぶやく。でも聞こえないと思った私の言葉を、貴悠さんは聞き逃さなかった。

「意地悪か……。それでも美尋は、今までひとりで頑張ってきた。子どもたちを産んでくれて、ありがとう」

「貴悠さん……」

それを言われてしまうと、なにも言えなくなってしまう。

「保育園バッグに書いてあったふたりの名前を見て確信した。〝たかと〟と〝はると〟ひらがなだったが、頭から二文字を続けて読むと〝たかはる〟で俺の名前だ」

ここまで言われたら、認めざるを得ない。

「……そうです。ふたりは貴悠さんとの子どもです」

こんな日がくるなら、彼の名前なんて使わなければよかった……なんていうのは嘘。どれだけ名前の候補を上げても、私はきっと貴斗と悠斗と名づけただろう。貴悠さんと一緒になることはできなかったけれど、彼のことを忘れたくなかったから。

「貴悠さん。どうして私が名古屋にいるとわかったんですか？　もしかして、興信所を使ったとか？」

再会してからずっと気になっていた、どうして貴悠さんがここにいるのかと。

私が母方の叔母のところにいることを知っているのは、絹華の女将のアッコさんだけ。それ以外には誰にも話していない。

アッコさんは職業柄、口を滑らせるとは思えない。毎日忙しいであろう貴悠さんが、自分ひとりで捜したというのも違うと思う。

だったらやっぱり、興信所だろうか。

貴悠さんを見ると、言おうか言うまいか迷っているように見える。でも私が目を逸らさず真っすぐ見ているのに耐えられなくなったようで、重い口を開いた。

「美尋がいなくなってしばらくは、俺ひとりで手当たり次第に捜した。でも仕事で時間的にもきつくなって、美尋の言う通り興信所に頼もうと思ったときもあった」

「じゃあ、興信所は……」

「使っていない。興信所を使って捜しあてても、美尋は嫌な思いをするだろうと思ったからな。でも結局ひとりではどうにもならなくなって、この先どう捜せばいいか行き詰まっていたとき、たまたま仕事関係の講演会に参加したんだ。そのとき先輩医師から、ひとりの男性を紹介された」

貴悠さんは最初こそ話しにくそうにしていたけれど、だんだんと口調が軽快になっていく。でもその人が、私の居場所となにか関係があるのだろうか。

「しばらくは医療に関する話をしていたのだが、話し込むうちにだんだんプライベートな話をするようになって。彼の話をよく聞いていたら『自分には今年二十九歳になるひとり娘がいて、絹華という老舗の料亭で働いていて』と言いだして──」

「それって、もしかして……」

彼の言葉を遮るように私がそう言うと、貴悠さんは大きく頷いた。

「美尋、君のお父さんだ。俺がこれまでのいきさつを話すと、すんなり……というわけではなかったが、美尋が名古屋にいることを教えてくれた」

貴悠さんは真面目な顔でそう言うけれど、私には他人事《ひとごと》としか思えない。

「その人は父親じゃないと思います。だってあの人は私が絹華で働いていたことを知らないし、名古屋にいることだって知らないはずです」

どういうこと？　でも、もしそれが本当に父なら……。

「その人の名前って、わかりますか？」

「原田《はらだ》記念病院の、海野広志医師だ。そのとき〝海野〟の名字にわずかだが期待をしたよ」

「……海野ひろし。そうですか」

確かに全国的にあまり見ない名字とはいえ、同姓同名の可能性もあるけれど……。

原田記念病院の海野広志ということなら、間違いなく父だ。

本当の親子の私でももう何年も会っていないというのに、偶然とはいえそんなことがあるのかと驚くしかない。

でもいったい誰が、私のことを話していたのか。当然ひとりしかいない。

「諭子おばさんだよね……」

貴悠さんが私のつぶやきに頷いた。きっと私たち三人のことを心配して、父に話をしていたんだろう。そうだよね、諭子おばさんの立場なら、そうするのが当然だ。

諦めにも似たため息を漏らすと、貴悠さんは私の体をくるりと回して自分の正面へと向けた。そして今度はさっきと打って変わって私の体をふわりと優しく抱きしめると、まるで子どもをあやすように背中をさすりトントンとした。

「君のお父さんのことで、少し聞いてほしいことがある」

「父のこと……」

どういうこと？　どうして貴悠さんが、父のことで話があるの？

どういうことだろうと、できることなら父の話なんて聞きたくない。今さらなにを聞いたところで、私の父へ対する気持ちは変わらない。

「美尋。頼む、俺の話を聞いてほしい。大事な話なんだ」

それでも貴悠さんの優しい声を聞いているうちに、私のかたくなな心はゆっくりと溶けていく。彼からなら父親の話でも聞いてもいいかもしれない……そんな気持ちが生まれてくる。

貴悠さんは抱きしめるのをやめ、私を隣へと座らせた。そのまま肩を抱き寄せられて、彼の胸に頬がトンッと当たる。彼の鼓動と温もりが伝わってきて、心がゆっくりと静まっていく。

貴悠さんの隣は温かい。まるで、羽毛布団に包まれているみたいだ。

「貴悠さん、父の話って……」

「美尋は今でもお父さんのことが嫌いか？」

まさか好悪の念を聞かれるとは思わなくて、ハッと彼を見上げる。

「あ、当たり前じゃないですか。嫌いです。今だって、父の話なんて聞きたくないと思っています。でも貴悠さんが聞いてほしいって言うから……」

「ありがとう。今はその気持ちだけで十分だ。美尋のお父さんとは初対面のあと、何回か仕事のことで会って話をした。もちろん仕事の話がメインだったが、それ以外にもいろいろと話をした」

「いろいろ……」

「まあ、いろいろだ。そのことに関しては、おいおい話すとして」

「おいおい……」

貴悠さんには珍しく言葉を濁す。気にはなるけれどいずれ話してくれるのならと、その場はそれ以上追求するのをやめた。

「美尋はお父さんのことを、『家庭を顧みない、家族をないがしろにする、母が危篤状態になっても駆けつけないような人』と言っていたが、それは違う」

「どうして貴悠さんが、そんなこと言えるんですか？ 父のことなんて、なにも知らないでしょう？」

「そうだな、なにも知らない。でもご本人から直接話を聞いて、わかったことがある。お父さんは家族を大切に思っていて、美尋と美尋のお母さんのことを愛していた」

「そんなこと……信じられません」

お父さんが家族を愛していたなんて、茶番としか言いようがない。本当に家族を愛していたなら、母の最期を看取らないなんてそんな血も涙もないようなことするわけがない。

「お父さんから、これを預かってきた」

そう言って彼から手渡されたのは、薄汚れた白い封筒。

「お父さんは美尋に見せるか迷っていたが、ふたりの間のわだかまりをなくすためには美尋に読んでもらったほうがいいと言ったら渡してくれた」

裏にはなにも書いてない封筒を表に向ける。そこには綺麗な字で【広志さんへ】と書かれていて、目尻から涙がポロリとこぼれた。

「お母さん……」

封筒に書かれている字は間違いなく母のもので、懐かしくもあり悲しくもあり、複雑な感情がよみがえる。

「なあ、美尋。一度、お父さんと会ってみないか？」

突然告げられた貴悠さんからの勧めに、封筒へと落としていた目線を上げる。親子関係が疎遠で確執のある父親と会うということは、貴悠さんが言うほど簡単なことじゃない。

「貴悠さんになんと言われようと、父に会うつもりはありません」

「美尋の気持ちはわからなくもないが、考えてみてはくれないだろうか。今の美尋はもうひとりじゃない、俺がいるだろう？」

貴悠さんは私の両手を包み込むように握ると、私の顔を覗き込む。急に眉目秀麗な顔を近づけられて、いきなりは心臓に悪いと慌てて目を逸らす。

「美尋のことも子どもたちのことも俺が守ると誓う。ここまで来るのに三年もかかってしまったが、これからは美尋たちと一緒に歩ませてくれないか？」

「私たちと一緒に……」

勝手に逃げたのは私のほうで、彼はなにも悪くない。それなのに貴悠さんは、三年も私を捜してくれた。それだけで十分だ。

貴悠さんの嘘偽りのない言葉に、胸が熱くなる。

「本当は今すぐにでも連れて帰りたい。でも子どもたちのこともあるし、美尋には今の生活がある。そういうわけにはいかないだろう。俺はどれだけでも待つから、その手紙を読んで気持ちが変わったら連絡してほしい」

「……わかりました。貴悠さん、ありがとうございます。でも、子どもたちのことは……」

私の心の整理もまだできていないのに、貴悠さんが父親だと子どもたち伝えるのはどうなのか。まだ二歳なのだから、彼らにはゆっくりと時間をかけて話をしたい。

「美尋、わかっている。今すぐに父親だと言っても、ふたりも戸惑うだけだろう。だから、慌てる必要はない」

なにも言わなくても私の気持ちが伝わったのか、貴悠さんが私の頭をポンと撫でた。なんだか三年前に戻ったようでうれしくなる。

彼は嘘をついていない。彼は私のことや子どものことを思ってくれている……そう実感した。

「今日のところは帰るが、また会いに来る。頼むから、もう逃げるのはなしだ。いいな？」

「はい、もう逃げません。約束します」

そう言って私が小指を出すと、貴悠さんはその手を取り私を引き寄せ、軽く抱きしめた。

「美尋。じゃあ、また来る」

彼のそう言葉を残すと、それ以上はなにも言わないまま帰っていった。

家族になるということ

貴悠さんが帰ると、叔母の家へと急いだ。

「ママ、おかえりー」

玄関で貴斗と悠斗が待っていてくれて、笑顔いっぱいのふたりの体を抱きしめた。

「美尋、おかえり。お疲れさま」

気づけば叔母も来ていて、彼女のねぎらいの言葉にホッとする。

「諭子おばさん、ただいま」

ダイニングに行くと私の夕飯が用意されていた。今晩は子どもたちの好きなオムライスだったようで、サラダとハンバーグも一緒にワンプレートに盛られている。

「ママ、おなかへったでしょ？」

「そうね。でも諭子おばさんと話があるから、ママはあとで食べようかな。貴斗と悠斗は、テレビ見ててくれる？」

「わかったー」

ふたりがリビングに行くと肩で息をつき、ダイニングチェアーに座る。叔母が温かいお茶を出してくれて、それをゆっくり飲み干した。

「ちゃんと話はできたの？」

叔母はそう言って、心配そうな顔を見せた。叔母にはもちろん、全部話すつもりだ。けれど貴悠さんから預かった母が父に宛てた手紙は、読むか読まないかまだ決めかねている。

「貴悠さんとのことで誤解していたことがあって、それは話をして和解できたんだけど。彼からこれを預かって……」

カバンから手紙を取り出すと、それを叔母に見せる。叔母もすぐにそれが母のものであると気づき、懐かしそうに微笑んだ。

「そう。お姉さんの手紙が、やっと美尋のところに……」

「諭子おばさんはなにか知っているの？　貴悠さんは読んだほうがいいって言うんだけど、そんな気持ちにはなれなくて」

「そうね。そんな簡単には、美尋の気持ちは変わらないわよね」

手紙を持っている手もとを見つめるだけで封筒から手紙を出せずにいる私に、叔母が優しく言葉をかけてくれる。

「以前広志さんに、その手紙を美尋に見せたほうがいいか相談されたことがあったの。

でもそのときの美尋はまだ学生で、時期尚早だと思ってやめたほうがいいと助言した。でも今は違う。お母さんがどう思っていたかは、知っていてもいいんじゃない？」

母は父に、なにを伝えたのか――。

言動だけで父のことを嫌っていたけれど、母が父のことをどう思っていたかなんて考えたことがなかった。もしかしたら私は、考え違いをしているかもしれない。

踏ん切りがつかないでいた気持ちが、少しずつ変わり始める。

それに貴悠さんは言ってくれた、『今の美尋はもうひとりじゃない、俺がいるだろう』と。

大丈夫――。

私の表情を見て叔母も頷いてくれて、読む決心がついた。

封筒を開き、ゆっくりと手紙を出す。どんなことが書いてあるのか、胸がドキドキと張りつめてくる。目を閉じ、気持ちを落ち着けるために大きく息をすると手紙を開いた。手が震えている。

便箋にびっしりと書かれている字は紛れもなく母のもので、美しく読みやすい字に感嘆のため息が漏れる。そして一言一句、読み忘れのないようにと目を凝らして読み始めた。

　手紙の内容は私の日ごろの様子とたわいのない日常の話から始まっていた。自分のことを読むのは照れくさいけれど、どれもこれも懐かしいエピソードで頬が緩んだ。でもしばらく読み進めていくと、その内容が一変する。

　そこには母の病状のことが書かれていて、一瞬にして心に分厚い雲がかかる。当時の母の様子が思い出されて、胸が苦しくなる。それでもなんとか読んでいくと、衝撃の事実を目の当たりにして言葉を失った。

【広志さんも知っている通り、私の余命はわずかです。だから病院から危篤の連絡があっても、患者さんを最優先してください。だってその人の命を救えるのは広志さん、あなただけしかいないのだから】

　それは母から父への最後の願いで、遺言だった。

「お姉さんが危篤だと連絡がきた同日、広志さんの受け持っている患者さんの様態が急変して緊急手術になった。でも広志さんはお姉さんからの手紙のことを思い出して、手術に臨んだそうよ」

「そんなの嘘、詭弁《きべん》です。もっともらしいことを言ってるだけでしょ」

　それが本当だとしても、私は母のところへ駆けつけてほしかった。

「広志さんが迷わなかったと、美尋はそう言いたいの？　そんなわけないでしょ。広志さんは言っていたわ。どんな状況であっても駆けつけるべきだった、妻を看取って美尋を守るべきだった、今さらなにを言っても遅いが後悔してもしきれないって」

「父が、そんなことを……」

本当に今さらだと強く思う。それなのに手紙から母の思いが流れ込んできて、『お父さんを許してあげて……』そう言っているような気がして仕方がない。母はどんなときでも優しい人だったことを思い出し、思わず目尻から涙がこぼれた。

手紙を封筒にしまい、カバンへと戻す。

「この手紙と諭子おばさんの話を聞いて、知らなかったこととはいえ父のことを誤解していた部分もあることはわかりました。だからといってすぐに父を許せるかと言われたら、正直わかりません」

「慌てることはないわ。美尋の心の中にある父親へのわだかまりは、時間が解決してくれるでしょう。それはそれとして、このことで彼はなにか言ってた？」

「彼？　ああ、貴悠さんね。どれだけでも待つから、その手紙を読んで気持ちが変わったら連絡してほしいって」

どこまでも優しい貴悠さんには感謝しかない。彼の心強い言葉に、どれだけ助けられたことか。

「じゃあ、あまり待たせるのもよくないわね。子どもたちのこともあるでしょ？」

叔母の言葉に、リビングでテレビを見ている貴斗と悠斗に目を向ける。子ども向け番組の音楽に合わせて踊っているふたりを見て、叔母の言う通りだと気持ちが揺らぐ。

子どもたちも一緒に、父に会ってみよう――と。

まだ少し考える時間が必要だけど、心が決まったら貴悠さんと連絡を取ろう。


――そして三日後。

私はなんとも言えない緊張感をかかえながらも、【父に会う決心がつきました。貴悠さん、あなたに会いたいです】とメッセージを送った。

私の気持ちとは裏腹に、貴悠さんの行動は早かった。

【美尋、ありがとう。君の父親に連絡をつけて、一日でも早く会えるよう手配を整える】

そう彼からメッセージが届いたと思ったら、その日の夜には日程がセッティングされた。

それから三日後。貴悠さんたちの仕事の都合で平日の今日、私たちが暮らすアパートに来ることになっている。

約束の時刻は十三時。あと一時間もしないうちに、貴悠さんが父を連れてやって来る。

貴斗と悠斗は保育園に行っていて、今日は叔母にお願いしてお迎えに行ってもらうことになっている。

久しぶりに会う父と、うまく話ができるだろうか……。

そんなネガティブなことばかり考えていたら時間はあっという間に過ぎて、手にしていたスマホが震えた。慌てて確認すると【到着した】と貴悠さんからメッセージが届き覚悟を決める。私は息を整えると、貴悠さんと父を迎えるためにアパートの階段を下りて外に出た。

「美尋」

貴悠さんの声に反応するように、彼のもとへと駆け寄る。

「今日はありがとうございます。貴悠さんには、面倒をかけてしまって……」

「そんなこと、美尋が気にすることはない。俺がそうしたかったからしたまでだ。それより、仕事の都合で平日になってしまってすまない」

そう言って頬を緩ませる、貴悠さんの笑顔に心が救われる。ホッと息をついた刹那、助手席のドアが開いて父が降りてきた。

七年ぶりに見る父は、やっぱり年をとっていた。目が合った瞬間昔のことが脳裏によみがえり、さっと視線を逸らす。

「立ち話もなんなので、入ってください」

部屋に招き入れると、用意しておいた紅茶と『ニコパン』で人気のクッキーを出した。

「美尋はここに座って」

そう言って貴悠さんが示したのは、父の真ん前の席。父と対峙《たいじ》するような形になって、これはまずいと、私はぎゅっとこぶしを握りしめた。そして意を決して、彼に向かい合う。

「お久しぶりです、お父さん……」

思っていたよりもすんなりと『お父さん』と呼ぶことができて、そんな自分に驚く。父も父でそう呼んでもらえると思っていなかったのか目を大きく見開き、でもすぐにその場でテーブルに手をつき頭を下げた。

「お母さんの最期を美尋ひとりに看取らせて、本当にすまなかった。今さらなにを言ったところで遅いかもしれないが、どうか許してほしい」

父からの謝罪の言葉と、信じられない光景に目を疑う。

まさかあの自分本位だった父が、私に頭を下げて謝るなんて……。

言葉を失っていると、隣にいる貴悠さんが私の肩に触れた。ハッとして彼を見る。

「貴悠さん……」

「大丈夫か？ ここで俺がなにかを言うのはどうかと思うが、言いたいことがあればここで全部吐き出したほうがいい」

優しい笑顔を向けながらポンと私の肩を叩く彼に、私は小さく頷いた。

「お母さんがお父さんに宛てた手紙を読みました。母の気持ちを知って、お父さんがお母さんの最期に来なかった理由はわかったけど、それでも駆けつけてほしかった……」

今さらながら涙がにじむ。次の瞬間、我慢していた涙が一瞬であふれ出した。それを見た貴悠さんが、膝にある私の手を握ってくれる。耳もとで彼が「よく頑張った」とささやいて、それだけで安堵に包まれた。

「あのときのお父さんは、どうかしていた。美尋が中学生だということも気にかけず、お母さんを亡くすつらさから逃げ、美尋に全部を背負わせてしまった」

そう言って俯く父の声が震えている。おそらく父も泣いているのだろう。

父の口から直接本当の気持ちを聞けて、私の中にあったわだかまりが消えていく。

私が苦しかったように、父もずっと苦しんでいた。同じ思いでいたとわかって、心が救われる。

七年前よりも少し小さくなった父の肩が、まだ震えている。私は立ち上がると父のところに行き、その体を抱きしめた。

「もういいよ。お父さんからその言葉が聞けただけで、もう十分。お父さん、今までごめんね」

「許してくれるのか？」

「許すも許さないも、私たちは親子じゃない。わかり合えたなら、それでおしまい。前よりも仲のいい親子になろう。それにお父さんは——」

話を続けようとして、それをスマホの着信音に阻まれた。

「すみません。出てもいいですか？」

「もちろんだ」

私は父に了解を得ると、急いでスマホを取る。着信先は保育園で、慌てて電話に出た。

「もしもし。はい、海野です。え？　貴斗と悠斗がお熱？　はい、すぐに迎えに行きます。はい、よろしくお願いします」

今朝はふたりともよく食べて、元気だったのに……。

同時に発熱、しかも三十八度を超えているというから心配でたまらない。

「貴悠さん、お父さん、ごめんなさい。ふたりが熱を出してお迎えになってしまったので、話はまたあとで……」

「なにを言ってるんだ。迎えなら俺も行く。すぐ出るぞ」

「でも……」

「でも、へったくれもない。ふたりが待っているんだろう？」

そうだった。貴斗と悠斗が熱で苦しんでいるのに、こんなところで言い合っている暇はない。

「すぐに車を出す」

「すみません。よろしくお願いします」

「ああ、急いでいくぞ」

まだ話は終わってないけれど、とにかく今はふたりを迎えに行くことが先決だ。部屋に転がっていたカバンを拾うと、先に部屋を出た貴悠さんと父の後を追いかけた。

「お世話をおかけしました。失礼します」

「お大事にしてください」

貴悠さんが貴斗を、父が悠斗を抱きかかえ、先生に挨拶を済ませると保育園を出た。

「このまま病院に連れていきたいんですけど」

「もちろん、そのつもりだ」

貴悠さんから思わぬ言葉が返ってきて、その場で固まる。ひとりで病気のふたりを連れて病院へ行くのは、かなりの体力を使う。だから貴悠さんからの申し出はとてもありがたい。でも、このまま彼の厚意を受け入れていいのだろうか。

「ここでも悩んでいるのか？　もう〝でも〟は聞かない。ここは寒い、いいから黙って早く乗って。このままだと子どもたちがかわいそうだ」

ふたりとも熱が高くて、ぐったりとしている。よほどつらいのだろう、ずっと眠ったままだ。

今は迷っている場合じゃないと、貴斗を貴悠さんから受け取り父と一緒に後部座席に乗り込む。お迎えを頼んでおいた叔母には電話をして、事情は知らせておいた。

いつもお世話になっている小児科医院までは、車でなら五分とかからない。貴悠さんに道順を伝えると、彼はすぐに車を走らせた。

運転する彼の後ろ姿を見て安堵する。今日はひとりじゃない、貴悠さんと父もいる。

なんて心強いのだろう。

ひとりで育てていくと決めた。でもこんなとき、父親という存在がどれだけ大きなものなのか思い知らされる。

当時の私はそこまで想像が及ばず、貴悠さんの前から勝手に姿を消して、彼に内緒で子どもを産んでしまった。独りよがりだった自分を反省する。

診察の結果は、ふたりとも風邪。もしかしたらはやりのインフルエンザかもしれないと思っていただけに、ホッと緊張の糸が解ける。

「貴悠さん、お父さん。今日は本当にありがとうございました」

「当たり前のことをしたまでで、礼には及ばない。それにしても、双子だと病気まで一緒になるんだな」

「いつも一緒ですからね。でも普段は少しずれて、順番にかかるんですよ。ね？」

そう言って、抱っこしている貴斗の顔を覗き込む。貴斗は貴悠さんと父のことが気になるものの、持ち前の人見知りを発揮して私にくっついたまま離れない。逆に悠斗はまったく物怖《ものお》じもせず貴悠さんに抱かれているから、二卵性だとこうも違うものなのかと、改めて驚いてしまう。

それにしても朝からいろんなことが起こりすぎて、気づけば十七時を回っている。どうりで、お腹がすくわけだ。

でも病気の子どもを連れて外食をするわけにもいかず、叔母に連絡を取ってみる。するると事情を知っている彼女から『そんなことだろうと思って用意してあるわよ、ちょうど連絡をしようと思っていたところだった』と言われ、そのありがたい言葉に甘えることにした。叔母が父も一緒にと誘ってくれたので、父にそう伝えると——。

「お父さんはここで失礼するよ。諭子さんから聞いてはいたが初孫も抱かせてもらえたし、これからはいつでも会えるだろう」

そう言って帰っていった。

父と別れ十分ほどで叔母の家に着くと、ダイニングテーブルに用意されていたのは味噌煮込《みそにこ》みうどんとエビフライ。なんと！　言わずと知れた名古屋名物だ。

「せっかく阿久津さんが来てるんだから、ご当地のものをと思ってね。阿久津さん、食べたことある？」

「エビフライは食べたことがありますが、味噌煮込みうどんは初めてです。気にはなっていたんですが、なかなか食べる機会がなくて」

「それならよかったわ。たくさん食べてちょうだいね。はるくんとたっくんには玉子雑炊を作っておいたけど、食べれるかしら？」

叔母が私にそう聞くと、隣のリビングで寝ていた悠斗と貴斗がのっそりと起き出す。

「たっくん、たべる」

「はるくんも」

熱があっては食欲もないだろうと思っていたけれど、まさかの発言にふたりのもとへと近寄る。おでこを触ってみると、ふたりともお迎えに行ったときよりも下がっているみたいだ。

「お腹すいた？」

「「うん」」

ふたりの声がシンクロして、思わず笑ってしまう。実は悠斗も貴斗も、叔母が作った玉子雑炊には目がない。少し熱はあるかもしれないけれど、ふたりとも食欲はあるようだし、大丈夫みたいだ。

「ママ、だっこ」

貴斗が両腕を上げると、悠斗も両手を上げる。ひとりずつハイチェアまで運ぶのだが、どっちからにしようか迷っていると背中側に気配を感じて振り向いた。

「ひとりは俺が連れていく」

「貴悠さん。じゃあ、悠斗をお願いします」

人見知りの貴斗は私が連れていこう――そう思って貴悠さんには悠斗をお願いしたのに、どういうわけか貴斗が「こっち」と貴悠さんを指さした。

「え？　でも貴斗は……」

「ううん、こっち」

何度聞いても「こっち」を繰り返すから呆気にとられる。じゃあ仕方ないと貴斗は貴悠さんに任せて、悠斗を抱っこしようとしたら「はるくんも、こっち」と言われて意気消沈。子どもは気分屋だから仕方がないとはいえ、総スカンを食らったような気分だ。

「貴悠さん、ふたりをお願いしてもいいですか？」

「ああ、もちろんだが。どうした、美尋。そんな浮かない顔をして」

「なんだか、ふたりを取られたような気がして」

「なんだ、ヤキモチか？　変な大人がいて楽しんでるだけで、今だけのことだ。母親が一番に決まっているだろう。少し楽ができるくらいに思っていればいい」

「そうなんですけど……」

なぜか胸がモヤモヤする。でも確かに貴悠さんが言う通り、体がというよりも気が楽なのは認めざるを得ない。今だってハイチェアまで運ばなくていいのは、とても助かるのだけど……。

ふたりが貴悠さんに抱かれてニコニコ笑っているのを見ると、やっぱり親子なんだと感じてしまう。親子というものは、なにも言葉を交わさなくても心が通じ合うのかもしれないと。

「美尋」

ダイニングから聞こえた貴悠さんの声に、ハッと我に返る。呼ばれたほうを見ると全員椅子に座っていて私を見ているから、慌てて席に着いた。貴悠さんと子どもたちのことを考えていて、ボーッとしすぎたみたい。貴斗と悠斗も、目を真ん丸にしてキョトンとしている。

「ごめん、ごめん。お腹すいたね。さ、いただきますしようか？」

「うん。いたーだきます！」

悠斗が元気にそう言うと、貴斗も続いて「ます！」と後を追う。これも相変わらずの風景で、叔母と顔を見合わせて笑った。貴悠さんも穏やかな笑顔を見せている。

でもこんなふうに貴悠さんを交えて食卓を囲むのは……今日だけ。明日からはいつもの、叔母と私たち三人での生活が待っている。

だから、神様お願い。今日だけは、貴悠さんのそばにいさせて――。

そう心の中で願うと、もう一度全員で「いただきます」をしてから食事を始めた。


クリスマスイブを四日後に控えた、十二月二十日の十五時ちょうど。

「当店一番人気のカレーパン、ただいま焼きあがりました」

大きな声でそうひと声、工房から焼きたてのカレーパン二十個を店頭に出す。すると店内にいたお客さんは、待ってましたと言わんばかりにカレーパンを何個もトレーにのせていく。人気のカレーパンは見る見るうちに少なくなって、あっという間に残りは五個になってしまった。

カレーパンが好きな叔母のために久しぶりに買って帰ろうと思っていたけれど、今日は無理かも。代わりになにを買っていこうかとレジからパンが並んでいる棚を見ていると、店のドアのベルがチリリーンと鳴って客が来たことを知らせる。

「いらっしゃいませ」

挨拶と同時に振り向くと貴悠さんがいて、来るとは聞いていなかったからフリーズしてしまう。貴悠さんはなんでも突然だから困ってしまう。

「子どもたちの好きなパンを教えてもらいたい」

貴悠さんはそう言って、トレーとトングを手に取る。貴斗と悠斗の好きなパンを聞くということは、あのふたりに会うつもりなんだろう。

実は貴悠さんが帰ってから、貴斗と悠斗に『また、おじさんに会いたい』とせがまれ続けている。そんなときに会わせてしまったらどうなるか……。

そんなこと簡単に想像ができて、心の中に不安ばかりが広がっていく。だからといって『会わせない』と言ったところで、貴悠さんが納得するとも思えない。

それだけじゃない。背が高い貴悠さんにいつまでもレジの前にドンと立たれていては、商売にならない。ここはとりあえずふたりの好物のパンを教えるしかないだろうと、私は重たい口を開いた。

「貴斗はクリームパンで、悠斗はあんパンです」

「じゃあ美尋の好きなパンは？　あ、叔母さんはどんなパンが好きかな？　遠慮しないで言って」

「わ、私と叔母のもですか⁉」

自分だけでなく、まさか叔母の分まで聞かれるとは思わなくて、つい大きな声を出してしまい慌てて手で口を塞ぐ。お客さんからの視線を気にしながらも貴悠さんの耳もとに顔を寄せると、ささやくように「チョココロネとカレーパンです」と伝えて彼からパッと離れた。

「了解した」

貴悠さんはうれしそうにパンが並ぶ商品の棚を覗き、お目当てのパンを見つけてはトレーにのせていく。ひとつレジ対応をこなしてから再び彼を見ると、トレーがパンで山盛りになっていて彼のところへと急いだ。

「こんなに買ってどうするんですか？　こちらで預かります」

「そんなに多いか？　まあ、俺の分もあるしな。一緒に食べたいから」

「一緒に食べたいって……」

叔母の家に一緒に来るつもりなのだとわかって、私は目を見開いて彼を仰ぎ見る。

まったくもう、貴悠さんはいつもそうなんだから……。

「諭子おばさんに連絡しなくちゃ」

そうつぶやきながら彼から預かったトレーをレジまで持っていくと、私はそれをひとつずつ袋に入れていく。

「五千三百二十円になります……」

自分で言って、その金額に驚く。『ニコパン』は街の小さなパン屋のわりには、種類も豊富で値段もお手ごろ。それゆえ種類の違うパンをたくさん買っていく人もいるが、五千円を超えるのは稀《まれ》だ。

皆で一緒に食べるつもりだとはいえ、さすがに買いすぎだと思うけれど……。

でも貴悠さんがあまりにもうれしそうで、なにも言えなくなってしまう。

貴悠さんがなにをしにやって来たのか、わからないわけではない。さっきから平静を装うのが難しいほど、胸がうるさく高鳴っている。

お釣りを返そうと右手を出すと、貴悠さんはレジの周りに人がいないことをいことに、お釣りを持った私の右手をそのまま握りしめた。なんで今ここでと、突然のことに心臓が大きく跳ねる。

「仕事が終わるのは五時だったな？　そのころまた来る。子どもたちを一緒に迎えに行こう」

「でも……」

「〝でも〟は通用しないと言った。美尋に拒否する権利はない」

どこかで聞いたような台詞に口をつぐむ。今さらなにを言ったところで、彼のこの先の行動パターンは同じだ。

「……わかりました」

ため息と一緒に私がそう答えると、手はすぐに解放される。パンがいっぱい入った紙袋を手渡し、貴悠さんをゆっくりと見上げた。

「ありがとうございました。またのご来店をお待ちしております」

「ああ、また来る」

貴悠さんは満足げな表情をして頷くと、店から出ていく。ホッとため息をついた瞬間ふと振り返ると、いつの間にか景子さんが立っていた。

「美尋ちゃん、ごめんね。聞くつもりはなかったんだけど、話が聞こえてしまって」

申し訳ないとしゅんとする景子さんに、気にしないでと首を横に振る。

「いいんです。……実は、彼が貴斗と悠斗の父親なんです。三年ぶりに和解したというか――」

「もとさやってわけね。そう、それはなにより。貴斗くんと悠斗くんも、お父さんがいてくれるとうれしいでしょうに。それにしても彼、素敵な人ね」

「とてもいい人です。今日も東京から来てくれて……」

「じゃあ、今日は時間をつくって会いに来てくれたってわけだ。美尋ちゃん、よかったね」

景子さんはそう言って私の肩にもう一回手を置くと、工房へ入っていった。

景子さんの言う通り、貴斗と悠斗もお父さんがいるとうれしいと思う。私も彼らには父親が必要だとわかっている。

それに私だって貴悠さんにはそばにいてほしいと思っているし、彼と一緒に子どもたちを育てていけるのならそれが一番だとも思う。

でもこんなとき、明花さんに言われた貴悠さんとの家柄の違いを思い出してしまうのだ。

もし仮に私と貴悠さんが結婚して子どもたちも一緒に暮らすことになっても、彼のご両親は私たちのことを受け入れてくれるのだろうか……と。

だって明花さんは『医者を辞めて阿久津の経営に携わってほしいと思っている阿久津のおじさまも、手間が省けるって喜ぶかもしれないわね。貴悠さんはかたくなに拒否しているみたいだけど』と言っていた。でも貴悠さんは、今も医者を続けている。

私は母が父に宛てた手紙を読む前からずっと、貴悠さんには外科医を続けてほしいと思っていた。

彼が言ってくれた『俺には患者が待っている。でも今は、美尋が最優先だ』という言葉が、私の胸にストンと落ちた。

貴悠さんなら信じられると。

でも彼が医者を続けるとなると、阿久津を継ぐのは誰になるかという問題に発展する。そうなれば貴悠さんにあとを継いでもらいたい彼の父親は、よくは思わないはず。当然私たち家族との関係は悪くなるだろう。

私としては敵意を向けられることも、甘んじて受けるつもりだ。でも貴悠さんはきっと、私たち家族を守ろうとする。彼はそういう優しい人だ。でもそれは自分の父親と対立することと同じことで、私と子どもたちの存在は彼の足を引っ張ることになりかねない。

それにもう、こんなことを何度も繰り返すわけにはいかない。今日は仕事が休みかもしれないけれど、彼が受け持っている患者さんの容体が急変したら名古屋から帰るには時間がかかりすぎる。それはすなわち、救える命が救えなくなるということだ。

気が重くなっていくのを感じながら、それでもお客さんの前では笑顔を作る。仕事に集中できないまま、時間はあっという間に過ぎていった。


事情を知ったオーナーから「早く上がっていいよ」と言われた私は五時少し前には片づけを済ませ、五時ピッタリになると「お疲れさまでした」と工房の裏口から大通りへと急いだ。運転席に座る貴悠さんを見つけて、首をひねる。

あれ？　いつもと違う車？

今日の貴悠さんはいつものセダンの高級車ではなく、七人乗りの高級ミニバンで来ていた。どうしたのかしらと思いながらも車に近づき、助手席の窓をコンコンと叩く。するとすぐに気づいた貴悠さんが、内側からドアを開けてくれた。

「早くないか？　急いで来るなんて、そんなに俺に会いたかったのか？」

そう言った途端、右腕を取られ引き寄せられる。するとその瞬間、後部座席にチャイルドシートがふたつ装着されているのが目に入る。

「貴悠さん、これって……」

「ああ、車での移動はチャイルドシートが必須だろう。だからすぐに準備した」

「ありがとうございます……」

貴斗と悠斗のことを大事に想ってくれている彼の優しさに感激して、それ以上言葉が続けられない。喜びを噛みしめている私に貴悠さんの見目麗しい顔が数ミリに迫り、その美しさに目を右往左往させた。

「目を逸らさないで。真っすぐ俺を見て」

貴悠さんの激情をはらんだ含みのある声に体がビクッと反応して、目の動きが止まる。恐る恐る彼と目を合わせると、艶のある真っ黒な瞳に一瞬で吸い込まれてしまう。

そうすることが当たり前というように彼が私の顎を捕らえ、それが合図になってどちらからともなく唇を重ねた。それは瞬《しばた》く間に深くなっていく。

こんなこと、ダメ――。

私の中の、ほんの少しの道徳心が顔を出す。つながっている手を離し、彼の胸のあたりを強く押す。貴悠さんは名残惜しそうに唇を離すと、不満げに眉をひそめた。

「そ、そんな顔をしてもダメです。それに、ここをどこだと思っているんですか」

「じゃあ、ここじゃなければいい？」

「そ、そういうことじゃないんです。とにかく困ります。それに、子どもたちを保育園に迎えに行かないと」

「そうだった。この続きは帰ってからだ」

「だから、そういうことじゃありません。それに今日は叔母の家に……きゃあ！」

貴悠さんが車を急発進させて、私は前につんのめってしまう。シートベルトをしていたから助かったけれど、運転はもう少し安全にしてもらいたい。

「着いたぞ」

車だと保育園までは十分もかからない。貴悠さんの言葉に「はい」と頷き車を降りると、彼と肩を並べ一緒にふたりをお迎えに行った。

「ただいまー」

玄関に悠斗と貴斗の大きな声が響く。その声に叔母はすぐ玄関まで来て、ふたりを抱きしめた。

「はるくん、たっくん、おかえり。美尋もお疲れさま……って、阿久津さん？」

叔母は貴悠さんの顔を見た瞬間、うれしそうに表情を緩ませ私を見る。

「たびたびお邪魔して申し訳ありません」

「美尋ちゃんと話があるのね？　二階に客間があるから、自由に使ってください」

「ありがとうございます。あの、これ、よかったら食べてください」

そう言って貴悠さんが叔母に渡したのは、彼が『ニコパン』で買った山盛りのパン。

「わあ、たくさんあるのね。うれしいわ、ありがとう。今晩の美尋のお誕生会のときに、みんなで食べましょう」

「え？　諭子おばさん、覚えてくれてたの？」

本人の私ですら、忘れていたというのに。そうか。だから、今晩叔母は食事に誘ってくれたんだ。

「当たり前でしょ。美尋の誕生日を忘れるわけないじゃない。今年は盛大にお祝いしましょう。よかったら、阿久津さんも一緒に」

叔母はそう言うと貴斗と悠斗の頭を撫でて「一緒にお祝いしましょうね」と話しかけ、ふたりを連れて先にリビングへと行ってしまう。残された私は、貴悠さんを見上げた。

「ご迷惑では？」

「まさか。むしろうれしいくらいだ」

彼の片方の口角を上げて私を見る傲岸な眼差しに、ほんの少しの私怨を抱いたのは秘密。そんな顔をしなくてもいいのに……。

彼が踏ん反り返っていたり、人を見下したりしない人なのは知っている。でもこんなとき、彼は私に意地悪をするから癪《しゃく》に障るのだ。

でも今さら怒ることもできず、なにも言わずに靴を脱いで家に上がる。

「貴悠さん、上がって」

彼には先に二階の客間へ行っていてもらい、私は叔母が用意してくれたお茶を持って彼のところに向かう。

二階の客間には座布団が向かい合わせで二枚敷いてあった。貴悠さんはその左側に神妙な表情で座っていて、私は気後《きおく》れしながらも彼の前に腰を下ろした。

「お、お待たせしました」

彼の顔が真っすぐに見られない。目も泳いでしまって口もうまく回らない、誰がどう見たって今の私は挙動不審だろう。

貴悠さんが今日なにをしに来たのかは、大体わかっている。

「他人行儀だな。まあ、それはいい。今日来たのは、俺は美尋の夫に、貴斗と悠斗の父親になりたいと思っていることを伝えるためだ」

「私の夫って……」

子どもたちを認知すると決心してくれたことは、以前彼から聞いた。『父親に』というのはいいとして、私の『夫に』って、どういうつもり？　貴悠さんは正気なんだろうか。

「それは私と結婚するということですか？」

「美尋は俺と結婚したくはないのか？」

「それは……。そんな聞き方、ズルいです」

彼は私の気持ちを知った上で、答えに迷う私を見ているのだ。

私だって貴悠さんと一緒になりたい。結婚できたら、どれだけ幸せなことだろうと思う。

でもそれは許されないこと。私と貴悠さんでは立場が違いすぎる。それくらい、身の程はわきまえているつもりだ。

でも彼の話は、まだ全部終わっていなかった。

「実は両親に、美尋と子どもたちのことを話した。事情も説明済みだ」

「え？」

事情も説明済みってことは……。

私にとって一番肝心なことを突きつけられたようで、今度は目の前が真っ白になる。

貴斗と悠斗をひとりで育てるといっても、貴悠さんの両親にあの子たちのことが知れたらどうなるのか。阿久津家にとって貴斗と悠斗は直系の子。後継ぎにされてもおかしくない。

いつか、こんな日がくると、いずれは通らなくてはいけない道だとは思っていて、だから心づもりはしていたつもりだったけれど……。

急に胸が苦しくなって、目に涙がにじむ。

「お、おい、どうした⁉」

「私から、貴斗と悠斗を取り上げないで……」

しくしくとその場に泣き崩れる姿を見て、貴悠さんが私の体を抱きしめた。

「そんなことするわけないだろう。美尋は、なにか勘違いをしてないか？」

「かん……違い？」

「そうだ。両親に話をした。親父はすぐには首を縦に振ってくれなかったが」

「やっぱり……」

「話は最後まで聞け。その意固地な親父を、母親が俺たちの味方になって説得してくれた。今は美尋と貴斗と悠斗に会えることを楽しみに待っている」

私の耳に信じられない言葉が聞こえてゆっくりと顔を上げると、彼は大きく頷いた。

貴悠さんのご両親が、私たち三人のことを待ってくれているなんて……。

なんとも言いようのない喜びに、少し前とは異なる涙が流れる。うれし涙だ。

その涙を貴悠さんが指で拭ってくれて、彼の優しい笑顔に私も微笑み返した。

「美尋、好きだ。いや、愛している。もう二度と離さない」

「貴悠さん、今までたくさん困らせてごめんなさい。私も貴悠さんを愛しています。もう一生離れません」

「俺だって。もう二度と、美尋を離さない」

貴悠さんに強く引き寄せられて、彼の甘く艶やかな唇が重ねられた。でもそれはすぐに離れてしまい、彼は真剣な顔つきで私を見つめた。

「美尋、誕生日おめでとう」

「え？」

お祝いの言葉をくれた貴悠さんの手には、どこから出てきたのか高級感のある落ち着いた色合いの、ベージュのジュエリーケースがある。

「開けてみて」

言われるがまま箱を開ける。中にはきらびやかな輝きを放つ、大きなセンターダイヤモンドのリングがある。繊細なデザインと美しさに目を奪われる。

「気に入ってもらえたかな？」

「気に入るもなにも、こんな高そうなもの受け取るわけには……」

そこまで言って、ふと三年前の誕生日の日を思い出す。

あの日も私は貴悠さんから素敵なジュエリーを渡されて『そう言われても、こんな高価なもの受け取るわけには……』と言った。そうしたら彼は『わかった。受け取れないというなら、俺が美尋につければいいってことだな』とボックスからジュエリーを取り出し、あたふたしている間にそれを私の首につけてしまったのだ。

懐かしい記憶に表情が和らぐ……って、そんな場合じゃない。このまま受け取らないと拒否しても、貴悠さんには通用しないだろう。

「また、受け取れないって言うつもり？」

彼もきっと、同じことを考えていたのだろう。首をかしげてニヤリと笑う貴悠さんに、私は首を横に振る。

高価そうなのが気になるところだけれど、貴悠さんが私のために選んでくれた最高の誕生日プレゼントなのだ。彼の気持ちはうれしい。だったらつべこべ言うのはやめて、素直な気持ちを伝えたい。

「貴悠さん、うれしいです。ありがとうございます」

「喜んでくれて、俺もうれしい。でも今日は、それだけじゃない」

貴悠さんはそう言うと私を立たせ、自分は片足を床につきひざまずく。

「美尋、俺と結婚しよう」

貴悠さんがひざまずくと、本物の王子様に見える。いきなりのことで驚いてなにも返すことができないでいる私に、貴悠さんは顔をグッと近づけた。

「美尋に拒否権はない」

私も彼に合わせて言葉を続ける。

「私に拒否する権利はないと？」

「そういうことだ」

貴悠さんは初めて食事に誘ってくれたあのときと同じ、子どものような無邪気な笑顔を見せた。三年経っても変わらず貴悠さんは強引で、やっぱり私には勝ち目はないようだ。

「貴悠さんは、いつだって貴悠さんですね。でも、そんなあなたが大好きです」

「俺も。よし美尋、結婚するぞ」

「はい、結婚します！」

どちらからともなく笑い合い、どちらからともなく抱きしめ合う。最悪だと思っていた日が、最高な一日になった瞬間だった。


「諭子おばさん、話があるの」

貴悠さんとリビングに行き、子どもたちと遊んでいた叔母に声をかける。

「話し合いは終わったの？」

その問いかけに「うん」と答えると、叔母は「そう」とひと言返して腰を上げた。

「阿久津さん、こちらに座ってください。はるくんとたっくんは……」

「悠斗と貴斗も、諭子おばさんと一緒に座って」

ふたりはおもちゃで遊んでいた手を止めて、「はーい」とこっちに駆けてくる。三人掛けのソファーに叔母と子どもたちが座ると、テーブルを挟んだその前に貴悠さんと共に立った。緊張して足が震える。

「大丈夫か？」

貴悠さんにそう尋ねられて、「大丈夫です」力強く答えた。恥ずかしがっている場合じゃない。

「えっと……。私の勘違いやお互いの間にボタンのかけ違いもあることがわかって、たくさん話し合いをした結果……貴悠さんと結婚することにしました」

「けっこんって、なに？」

私の話にすぐに食いついたのは悠斗で、あまりにも早い返しがおかしくて緊張が和らぐ。

「悠斗、ちょっとだけ静かにしててね。あとでちゃんと、お話しするから」

「はーい」

意味がわかっているのか、元気な返事をする悠斗に微笑みかける。こんなとき、聞き分けがいいのは助かる。

「先ほどプロポーズをして、彼女にオッケーをいただきました。いつも突然ですみません。でも僕の中では彼女に会ったときから決めていたことで、逆に遅くなってしまったと申し訳ない気持ちで……」

彼の心の内を初めて聞き、そうだったんだと胸が熱くなる。それなのに私ったらなにもわかってなかったと、私のほうこそ申し訳なかったと猛省する。

「美尋、決心したのね」

今まで私と貴悠さんのことにはなにも口を出さなかった叔母が、私を真っすぐに見ている。本当に心配してくれているのが伝わって、鼻の奥がつーんとして涙目になる。

「う、うん。貴悠さんのそばにいたいです。悠斗と貴斗も一緒に」

「そう、よかった。美尋、おめでとう。阿久津さん、美尋をよろしくお願いします」

そう言ってにこりと笑う叔母を見て、こらえきれずに涙がこぼれる。

なにも言わずここに来た私を受け入れてくれて、生まれた悠斗と貴斗を一緒に育ててくれた。叔母にはどれだけ感謝してもし足りない、私のかけがえのない家族のひとりだ。

「美尋と子どもたちのことは、命を懸けて守り幸せにすると誓います」

貴悠さんがそう言って頭を下げると、叔母がその場で立ち上がった。

「ありがとう、阿久津さん。でも、あなたも幸せにならなくちゃダメよ。そしてそのためには美尋、あなたが彼を支えてあげるの。いい？」

「はい。諭子おばさん、今まで本当にありがとうございました」

叔母の心からの言葉を、胸に深く刻み込む。

まだいつと決めたわけではないけれど、私たちは近いうちに名古屋を出て貴悠さんのところに行く。貴悠さんも一緒に、家族四人で暮らせることはとても幸せなことだと思う。

叔母と離れるのは寂しいけれど、私は貴悠さんを愛している。だから決めた。彼から一生離れないと。

だからもう泣き言は言わない。貴悠さんとふたりで、貴斗と悠斗を育てていく。

「貴斗、悠斗。こっちに来て」

おいでおいでと手を振ってふたりを呼ぶと、きょとんとしながらも私のところまでとことこと歩いてくる。ふたりの背の高さまでしゃがみ、目線を合わせた。

「ママのお話をよく聞いて。ふたりにパパはいないって言ったけど、本当はいるの」

「え？　パパがいるの？　ぼく、おじさんがパパだといいなぁ」

悠斗がそう言うと、貴斗も「ぼくもー」と笑顔を見せた。ふたりのこぼした言葉に、貴悠さんと顔を見合わせる。

子どもたちが貴悠さんのことを、そんなふうに思っていたなんて……。

私にはよくわからないけれど、血のつながりのある本当の親子だからこそ感じるものなのかもしれない。ふたりと目線を合わせるように、その場に座る。

「そうだったのね。悠斗と貴斗、ご希望通り、貴悠さんがあなたたちのパパよ」

私がそう言うと貴悠さんも私と同じようにしゃがみ、ふたりの頭に手をのせた。

「貴斗、悠斗。迎えに来るのが遅くなってごめん。今まで一緒にいられなかったぶんもパパ一生懸命頑張るから、これからはパパも仲間に入れてほしい。いいかな？」

貴悠さんはひとつひとつ言葉を選び、ふたりにゆっくり話しかける。彼の話にすぐに興味を持ったのは、やっぱり悠斗だ。

「おじさんがパパ？　ママ、ほんと？」

「うん、本当だよ。これからは、ずっと一緒だよ」

「そうなの？　たっくん、おじさんがパパだって！」

悠斗はそう言うと、貴斗の体をぶんぶんと揺さぶる。貴斗はされるがままになっているが、その目線は貴悠さんに向いている。

「悠斗。たっくんがびっくりしてるよ。手を離して」

私が少し怒った顔を見せると、悠斗はパッと手を離した。すると貴斗は不思議そうな顔をしながらも、貴悠さんに近づいた。

「パパ？」

貴斗は貴悠さんに手を伸ばし、彼の頬に触れる。

「そうだよ、パパだ。抱っこするか？」

「うん！」

貴悠さんは貴斗を一気に抱き上げ、高い高いをしてみせる。いきなりのことに驚く貴斗だったが、すぐにキャッキャッと声を上げて喜び始めるから、子どもの適応能力には驚かされる。貴斗も貴悠さんには、すっかり心を許しているようだ。

「はるくんも、抱っこして！」

貴悠さんの足にしがみつき、悠斗がそうおねだりをする。私が「ひとりずつだから待って」と止めようとすると、貴悠さんは悠斗も抱きかかえてしまう。

「危ないですよ」

「大丈夫だ。こんなの、なんてことない」

「でも……」

「ママは〝でも〟が好きだなぁ。なあ、悠斗、貴斗？」

貴悠さんに突然ママと呼ばれて動揺してしまう。とてもくすぐったいけれど、これが家族なんだと華やぐ気持ちを抑えることができない。ふたりの喜ぶ姿を見て、体中から幸せがあふれ出す。

「美尋。俺は今、最高に幸せだ」

「私もです」

感極まって目頭を熱くする。貴悠さん、そして叔母も、その目には涙が光っていた。

夢のような現実は最高の幸せ

誕生日に貴悠さんにプロポーズされて、彼と一緒に生きていくことを決めてから一週間後。

年末は気ぜわしいし病院もなにかと忙しくなるから、引っ越しは年明けの日常が落ち着いてからにしましょうと提案をした。それなのに貴悠さんったら……。

「一日たりとも待てない」

なんて子どものようなことを言うから、仕方なく名古屋での生活を早めに切り上げてきた。そして今日、慣れ親しんだ街に帰ってきた。

でも貴悠さんのところへは直行せず、まずは絹華へ向かう。到着すると、絹華の懐かしい門構えに気持ちが昂《たかぶ》った。店にはアッコさん、それに料理長と同僚までいて、懐かしさとうれしさに涙があふれる。

貴斗と悠斗を見たアッコさんは「かわいい、かわいい」を連発し頭を撫で回すから、ふたりは固まってしまってみんなで大笑い。アッコさんの計らいで料理長の料理も食べることもできて、楽しいひと時を過ごした。

あっという間に時間も過ぎて名残惜しいけれど、そろそろ時間だと言って店を出る。貴悠さんと暮らすマンションまでは電車で行くつもりだった。それなのに店を出ると、どういうわけか仕事だったはずの貴悠さんがいて腰を抜かしそうになる。

「美尋たちが帰る場所はここじゃないだろう？」

「あ、パパだ！」

事情を知らない子どもたちは貴悠さんの突然の登場に大喜び、あっという間に彼の車の後部座席へと乗り込んでしまった。車の中を覗き込むと、高級セダンの車の後部座席にもチャイルドシートが設置されていて感心しきり。さすがとしか言いようがない。でも……。

「貴悠さん。電車で行くって、言いましたよね？」

「わかってる。でも手術の予定がひとつ延期になって時間ができたんだ。ふたりを連れての移動は大変だろう。それに、早く美尋に会いたかった」

子どもたちが車に乗っていることをいいことに、彼は私の腰に手を回し入れると素早く体を引き寄せる。

「貴悠さん、なにするんですか。ここは絹華の前ですよ。誰かに見られでもしたら恥ずかしいじゃないですか。早く離してください」

「わかった」

いつもとは違いあまりにもパッと離すから、熱でもあるのかと彼の顔を覗き込む。

でも、それが甘かった。

「ここじゃなければいいってことだよな？　よくわかった。今晩は寝かせてやれないかもしれないから、覚悟をしておくように」

なんて脅すようなことを言われて、体が縮み上がる。

「か、覚悟って……」

なにをするつもりなのか。不安と隠しきれない渇欲。本当は、覚悟なんてもうとっくにできている。私は貴悠さんのもの……なのだから。

「美尋も、早く乗らないと置いていくぞ」

「は、はい。すぐに乗ります」

慌てて助手席に飛び乗って、シートベルトを締める。貴悠さんはそれを確認すると、機嫌よく車を走らせた。

一時間もせずに到着したのは、豊かな緑に囲まれた閑静な住宅街にある高級感漂う低層レジデンス。

『実は高いところが苦手なんだ』

ここまで来る途中にそんなことを言い出すから、なんのことかと思っていたけれど。そういうことだったのかと、貴悠さんらしからぬ発言を思い出して「ふふふ」と笑いがこみ上げた。

彼の話によるとこのマンションは、二十四時間有人管理でコンシェルジュサービスあり。共用部にはフィットネスジムやキッチンスタジオ、大型スクリーンを完備した多目的ルーム、全天候型の公園もあるから、子どもたちと一緒に暮らすには最適だとこのマンションを選んでくれたらしい。

とてもありがたいけれど、あまりの豪華さに気後れしてしまう。でも子どもたちはエントランスにある置物に興味津々で、なんでも触ろうとするから壊さないかとひやひやした。

貴悠さんは今、地下駐車場に車を置きに行っている。

彼が戻ってくるまでエントランス前で待っていると、車寄せにハイヤーが入ってきた。邪魔にならないように子どもたちと脇に逸れたそのとき、ハイヤーから降りてきた女性を見て私は大きく目を見開いた。

「明花さん……」

どうして彼女が、貴悠さんのマンションに？

三年前と寸分変わらぬ美貌の彼女が私に気づく。彼女も驚いたようで、私を見て
「なんで？」と冷ややかな声を出した。瞬間、子どもたちを抱きしめる。
「どうしてあなたがここにいるの？　その子どもたちは誰？　もしかして、あなたの
子ども？」

次々と浴びせられる彼女の怒気を含んだ声に、悠斗と貴斗が私にひしとしがみつく。
彼女は腕を組み、こちらに向かってゆっくりと歩きだす。危険を察知した私は、必死
にふたりを抱きしめた。
「ふ～ん、結局子どもを産んだんだ。誰の子……ってそんなのどうでもいいけど。ま
さか貴悠さんの子どもだと偽って、彼に取り入ったんじゃないでしょうね？」

明花さんは私たちの前まで来ると、イライラしたようにカツンッとヒールを踏み鳴
らす。
「偽っても、取り入ってもいません。この子たちは私と貴悠さんの大事な子どもです。
おかしなことを言わないで」
「なにを偉そうに。この泥棒猫！　最初からあなたがいなければ、彼は私のものだっ
たのに！」

激怒した彼女が、こぶしを大きく振り上げる。それを見た子どもたちはおびえた表情を見せて、私にひしとしがみついた。

このままでは殴られてしまう……そう思った私は、無我夢中でふたりを守るように覆いかぶさった。でも間一髪のところで、貴悠さんが戻ってきた。

「なにをしてる！　すぐに三人から離れろ！」

「貴悠さん……」

殴られなかったことに安堵して、私は悠斗と貴斗を抱いたままその場にへたり込んだ。

「美尋、大丈夫か？」

血相を変えて来た貴悠さんは、私たちをかばうように彼女に向かって立ちふさがる。その目は見たことがないほど怒りに満ちていた。貴悠さんのその表情を見て、彼女がひるむ。

「貴悠さん、どうしてそんな顔をするの？　あなたはその女に騙されているのよ。まだわからないの？」

どうしたらそんな考えが浮かぶのか、明花さんの言動がまったく理解できない。

「俺は騙されていない。あなたとはキッチリと話をつけたはずだ。子どもたちも怯《おび》えている。もう金輪際、こんなことはしないでもらいたい」

貴悠さんの毅然とした態度に、彼女の表情が憎々しげなものに変わる。

「貴悠さん、なんでそんなことを言うの？　私はあなたを、ずっと愛しているのに。もうそろそろその女のことは、忘れてもいいんじゃない？」

「悪いが俺は君を愛していないし、美尋を忘れることは絶対にない」

貴悠さんの口から私の名前が出ると、明花さんは口もとをゆがめた。

「へえ、そう。でも、私にそんな口をきいてもいいのかしら。今回は本当に、パパに言いつけるわよ？」

「え？」

「一向にかまわない。なんなら今すぐ、二階堂教授に電話をかけてみましょうか？」

貴悠さんはスラックスのポケットからスマホを取り出し、本当に電話をかけ始めた。

それを見た明花さんの表情が一変する。

「ちょ、ちょっと、やめなさいよ。パパに電話なんてかけて、どうするつもり？」

「しょっちゅう俺のマンションに押しかけてきてストーカーまがいなことをしていたことや、今ここであったことを全部話すだけです。その様子だと、話されては困ることでもあるんじゃないですか？」

貴悠さんはなにか知っているのか、彼女を見てほくそ笑む。でもその眼光は冷ややかで、明花さんは脚を震わせながら一歩二歩と後ろに下がっていく。

「わ、わかったわよ。あなたなんか、もういらない。私はバカな男は嫌いなの」

「そうですか、それはよかった。でもまたこんなことがあったら、次は容赦しない」

彼のとげのある口調と冷酷なまでの目に、明花さんは「ひいっ」と声を上げ体をびくつかせる。そして「もう二度と来ないわよ！」と捨て台詞を残して、去っていった。

一瞬にしてこわばっていた体から力が抜ける。それを感じ取ったのか、子どもたちも深く息を吐いた。ふたりと一緒に、ゆっくりと立ち上がる。

「貴悠さん。明花さん帰ってしまったけど、本当に大丈夫なんですか？　彼女が二階堂教授になにか言ったら……」

「大丈夫、心配ない。あれは彼女の常套《じょうとう》手段だ。二階堂教授の名前を出せば、大抵の医者は彼女の言うことを聞く。それに味を占めて、俺にも同様のことを期待したんだろう。でも俺には、そんなもの効かない」

「本当ですか？」

「ああ、本当だ。もう二度と美尋たちをこんな目には合わせない。どんなことからも、俺が全部守ってみせる」

彼の自信ありげな表情に、私は「信じてます」と頷く。このときには子どもたちもすっかり元気を取り戻し、貴悠さんの足にまとわりついた。

「パパ、なにかのみたい」

「そうだな、喉が渇いたな。ふたりのために、たくさんジュースを用意しておいた。早く部屋に行って、みんなで飲もう」

「わーい！」

貴悠さんは大喜びのふたりと手をつなぐと、くるりと後ろを振り返る。

「美尋も、行くぞ」

彼の呼びかけに「はい」と答えた。本当は私も貴悠さんと手をつなぎたいけれど、今は子どもたちに譲ってあげた。

部屋に向かう途中、貴悠さんは子どもたちに「ジュースは好きなだけ飲んでいいぞ」なんて言うから、彼の甘やかしぶりには困ってしまう。まだパパだと伝えてからさほど日にちも経っていないのに、もうすっかり親子だ。

エレベーターで最上階の五階まで上がり真っすぐにフロアを進むと、貴悠さんは一番奥のドアを開けた。

「ここが新しい我が家だ」

その言葉と同時に悠斗と貴斗は履いていたスニーカーをポイポイと脱ぎ捨て、止める間もなく一目散に中へと入ってしまう。純和風の叔母の家とはまったく違う佇まいに、ふたりの興奮もピークのようだ。

「騒がしくて、すみません」

「なにを言ってる。自分の家なんだ、騒いだってかまわない。それにここは傾斜面に建っていて、エレベーターでは五階まで上がったが実際には一階のようなもので下には部屋はないんだ。多少うるさくしても、なんの問題もないよ」

貴悠さんはそう言うと私の肩を抱き、耳もとに顔を寄せた。

「だから今晩は、美尋の甘い声をたくさん聞かせてほしい」

突然甘い声を出し、私の頬にチュッとキスをする。

「は、貴悠さん。なんてことを……」

奥の部屋には子どもたちがいるのに……。

恥ずかしいやらうれしいやら。貴悠さんの発言の意味をすぐに理解して、体が一気に熱くなる。冷や汗が出てきた顔を、両手で覆い隠した。

「そんなことをしても無駄だ。同じような表情を、夜に見せることになる」

今度は頭のてっぺんにキスを落とし、貴悠さんは高笑いをしながら廊下の先へと行ってしまった。

「もう……」

結局最後はいつもそう。彼にからかわれ、私は口を尖らせる……というのがオチなのだ。何年ぶりかのこんなやり取りに、苦笑いが漏れる。それにしても……。

「今日からここで、家族四人での新しい生活が始まるんだ」

廊下をゆっくり進み、突き当りの扉を開く。すると壁一面ガラス張りの広いリビングがあって、一気に視界が広がった。大きな窓からは暖かい日が差し込み、子どもたちがはしゃぐ姿に胸が弾む。

私たち家族に、どんな未来が待っているのか――。

これからは貴悠さんが一緒だから、もう不安なことはなにもない。あるのは期待とか喜びとか、そんな心躍るようなものばかりだ。

「子どもたちは大いに喜んでいるようだが、美尋は気に入った？」

私の隣に立ち顔を覗き込む彼の腕に、自分の腕を絡ませる。

「はい。でもなんだか夢みたいで、これが現実かどうか……っ」

私がまだ話している最中だというのに、貴悠さんは私の唇を甘く塞いだ。リビングを飛び出していたのか廊下から悠斗と貴斗の声が聞こえて、慌てて彼から離れた。でも再び、彼に腕を捕らえられてしまう。

「毎日何度でもキスをして、これが現実だと思い知らすから心配ない」

「心配ないって……わかりました。でも、子どもたちの前では控えてくださいね？」

「……まあ、善処する」

いつもの貴悠さんらしい言い方だが、不貞腐《ふてくさ》れている顔がなんともかわいらしい。

なんて、彼に面と向かってそんなこと言えば、怒られそうだけど……。

「ところで美尋。明日はなにか予定はある？　なければ、両親に会ってほしい」

「貴悠さんのご両親に……」

わかっていたこととはいえ、一抹の不安が脳裏をよぎる。私が彼の妻でいいのかと。

「心配しなくていい。前にも話したが、父さんも母さんも三人に会えるのを楽しみにしている」

彼に変な気を使わせてしまい申し訳ない気持ちの反面、うれしさもこみ上げる。

貴悠さんのご両親には、もちろん私も会いたいと思っている。悠斗と貴斗にとってはおじいちゃんおばあちゃんであって、これから長い付き合いになるのだから仲よくなってもらいたい。

まだ挨拶にも行っていないし会うのは一日でも早いほうがいい。そう思ってはいるけれど、大企業のトップに君臨する人だと思うと、気持ちがギュッと萎縮してしまうのだ。

「そんな顔をしなくていい。たぶん、驚くことになる」

「驚く？」

「行けばわかるさ」

貴悠さんは生返事をして、部屋中を探検している子どもたちのところへ行ってしまう。

「そんな曖昧な……」

彼に向かってつぶやいた言葉は、子どもたちの楽しそうな声にかき消されてしまった。

そして次の日。

私は貴悠さんの実家に到着するや否や、彼の言葉通り驚いていた。

「あなたが美尋さんね！　それに貴斗くんと悠斗くんも、いらっしゃい。さあ、どうぞ。遠慮しないで、中に入って」

お義母さんに熱烈な歓迎を受け、挨拶もまだだというのにリビングに通されてしまった。

「これはいったい……」

なにが起こっているのだろう……。

リビングには所狭しとばかりに大きな袋や箱が並べられていて、目を疑うような光景にさっきからぽかんと口が開きっぱなしだ。

「これは父と母からの、美尋と悠斗と貴斗へのプレゼントらしい」

貴悠さんにそう耳打ちされて、我に返った私は慌てて口を閉じた。気づけば悠斗と貴斗は貴悠さんのご両親といくつか箱を開けていて、中に入っていたおもちゃで遊んでいる。

「こんなにも用意していただいて、なんとお礼を言えばいいのか……」

「そんなこと気にしないで。私たちが好きでしていることなんだから。そんなことより、貴悠。結婚式の話はどうなってるの？　美尋さんには、ちゃんと話してくれた？」

「え？　貴悠さん、結婚式って？」

確かに私たちは結婚したけれど、籍だけ入れて結婚式は挙げていない。でもそれは子どもたちももう二歳を過ぎているし、今さらだと思っていたからだ。

私としては貴悠さんと結婚できただけで十分。けれど、やっぱり阿久津を継ぐ身としては結婚式を挙げないといけないのだろうか。

心配になって、貴悠さんを見上げる。すると彼はバツが悪そうに、首の後ろをさすった。

「美尋。黙っていて悪かったが、結婚式は俺のほうで勝手に進めている。本当は前日まで秘密にしておくつもりだったんだが、知られてしまったなら仕方がない」

「ど、どういうことですか!?」

突然聞かされた寝耳に水の話に、目を瞬かせる。きっと今の私は、鳩《はと》が豆鉄砲を食らったような表情をしていることだろう。

「結婚式というのは結婚をするふたりのものでもあるが、お世話になった人への恩返しの意味もあるんだ。それは俺にとっての両親、美尋にとっての名古屋の叔母さん、絹華の女将さん、それにお父さんで、その人たちに美尋のウエディングドレス姿を見てもらおうと思っている」

「……は、はい」

貴悠さんの気持ちもとてもうれしい。でもまったくと言っていいほど結婚式のことは考えてなかったから、貴悠さんがあげた人たちの顔が頭に浮かび頭の中は軽くパニック状態。うまく収拾がついてくれない。

「そういうことだから結婚式のことは俺に任せておけばいいが、ウエディングドレスだけは自分で選ぶか？」

貴悠さんは私を見るとふと表情を緩め、自分の指を私の頬にあてて拭った。なにをしているのかと思ったけれど、そのとき初めて自分が泣いていることに気づく。目頭が熱かったのは、そのせいだったと。

ウエディングドレスを着て、貴悠さんと結婚式を挙げる。そこに諭子おばさんやアッコさん、そして父も……。

父とは母のことがあって一度は縁を切ったけれど、貴悠さんが預かってきてくれた母の手紙を読んで、父へのわだかまりは解消してきている。

なにもかもが全部、貴悠さんのおかげだ。

「貴悠さん、ありがとうございます。私、今、最高に幸せです」

「これで最高か？　美尋は欲がないな。ふたりで、いや四人で、もっと上を目指すぞ」

「はい！」

そう言って貴悠さんが前へと伸ばした手に自分の手を重ねる。それを見ていた悠斗と貴斗が「なにしてるの？」と走ってきて、今度は四人で手を重ねた。

悠斗と貴斗の三人でいるときも幸せだと思っていたけれど、貴悠さんがいたほうが何倍、いや何十倍も幸せだ。

リビングから見えるバルコニーには、昨日降った雪がまだ積もっている。でもその先には私たち家族の未来を描き出しているかのような、どこまでも深くどこまでも澄んだ天色《あまいろ》の空が広がっていた。

エピローグ

それから一カ月後。

海が一望できる小高い丘の上にある真っ白なチャペルで、私と貴悠さんは今日結婚式を挙げる。

貴悠さんのほうからは、お義父さんとお義母さん。私のほうからは叔母とアッコさん、そして父が参列している。

昨日から結婚式を挙げるチャペルがあるホテルに泊まり、みんなで楽しい時を過ごした。父とは最初こそぎくしゃくしていたけれど、貴悠さんの気遣いのおかげで徐々に打ち解けることができた。

なんでも父と何度目かに会ったとき、貴悠さんと明花さんの縁談の話を小耳に挟んだ父から、私とのことを根掘り葉掘り聞かれ質問攻めにあったそうだ。そのとき貴悠さんが根気よく父を説得して誤解を解き、最終的に私との交際の許可を勝ち取ったらしい。私がいないところでなに勝手なことしているのと思わなくもないけれど、貴悠さんが頑張ってくれたのはうれしかった。

今日の日を迎えられたのも、全部貴悠さんのおかげ。

チャペルの中から荘厳なパイプオルガンの音色が聞こえて式が始まる。私は父と腕を組んで、ヴァージンロードへと足を踏み出した。純白のウエディングドレスが歩くたびにゆらゆらと揺れる。ロングトレーン部分にあしらわれたスワロフスキーは、大きな窓から入ってくる太陽の日差しでキラキラと輝いているだろう。

祭壇には真っ白なタキシードに身を包んだ貴悠さんが待っていて、その両横には彼と同じタキシードを着た悠斗と貴斗が神妙な表情で立っていた。これは男三人で私を迎えたいという貴悠さんの提案で、ふたりのタキシードもオーダーメイドで作ってくれた。だからサイズもぴったりだ。

めちゃくちゃ、かわいいんですけど！

心の中で拍手喝采する。

貴悠さんと目が合えば、焦げ茶色の瞳の目もとを細めて、愛おしいと言わんばかりに私に微笑みかけてくれる。

祭壇に到着すると父から腕を解き、貴悠さんの腕を取る。悠斗は貴悠さんの隣、貴斗は私の隣に立った。

ここからは時間との戦いだ。悠斗と貴斗が飽きないうちに、滞りなく式を終わらせないといけない。

外国人の神父さんが流暢《りゅうちょう》な日本語で聖書を朗読する。結婚式の要、誓いの言葉を終えると向かい合い、お互いに指輪を交換し合う。

そしてとうとう、誓いのキスのときが。

私は少し屈み、貴悠さんがベールを上げる。ゆっくり顔を上げると、少し前までとは違う彼の蠱惑《こわく》的な表情に心を奪われた。動けないままでいる私の唇に、彼の唇が重なった。

それは今までのどのキスよりも甘く、貴悠さんの気持ちが伝わってくる永遠を誓うようなキス。

チャペルの正面にあるステンドグラスの光の中、貴悠さんは悠斗を抱き上げ、私が貴斗を抱き上げる。家族からの祝福の拍手を受けながらチャペルを出ると、そこにはどこまでも続く青い空が広がっていた。

そう。私たちのなにかの始まりには、いつも必ず空が見守ってくれていた。

この大きくて広い空のように、貴悠さん、そして悠斗と貴斗を、あふれるほどの愛情を包み込む。そしてもっともっと幸せに、もっともっとみんなが笑顔でいられるように、太陽のような温かな家族を築いていきたい。

一度は諦めた恋。それを貴悠さんが、もう一度つないでくれた。だから私はこの先どんなことがあっても、貴悠さんから離れない。

この青い空に誓って。ずっと、いつまでも——。

HAPPY END

特別書き下ろし番外編

「美尋。悠斗と貴斗も待ってる。早くしないと、置いていくぞ」

「ママ、はやくー」

貴悠さん、それに悠斗と貴斗にまで急かされて、大慌てでマグボトルをトートバッグに突っ込んだ。

「お待たせしました」

急いで玄関に行き、それぞれ色は違うが四人おそろいで買ったスニーカーを履く。

十月上旬。日中はまだ暑い日もあるが、朝晩は二十度を下回る日が増えてきて、気温差で体調を崩さないようにと気遣う毎日。

この時期は晴れる日が多くなるけれど、今日はまさしく雲ひとつない晴天。最高のイベント日和だ。

そう。今日は悠斗と貴斗が通うプレ幼稚園の運動会。

いつもはお寝坊さんで呼びに行ってもなかなか起きない悠斗と貴斗も、今日ばかりは朝から張りきっている。

昨日の夜から運動会が楽しみすぎてなかなか寝てくれず、明日は朝寝坊確定だな。なんて思っていたのに私が起きたときにはふたりとも起きていて、しかも着替えまでしているから嵐でもくるんじゃないかと心配したけれど……。

いい天気でよかった。

貴悠さんが暮らすマンションに引っ越してきて、家族四人での生活を始めてから八カ月。

毎日バタバタしているけれど、貴悠さんと一緒に育児できることを楽しみながら、とても幸せな日々を送っている。

「ママ、おててつないでー。はやくー」

「はいはい。わかったよ」

貴斗にせがまれて手をつなぐ。いつもなら悠斗も「ぼくもー」と来るところなのに今日は姿が見えない。どうしたのかと前を見れば、早く幼稚園に行きたいのか猛ダッシュで走っていて、貴悠さんが必死に追いかけていた。普段なかなか見られない、微笑ましい光景に頬が緩む。

悠斗と貴斗が通う幼稚園までは、徒歩で十分とかからない。いつものように貴斗と歌を歌いながら歩いていると、幼稚園の門の前で手招きしている悠斗が見えて小走りで近づく。

「ママとたっくん、おそい｜。うんどうかい、はじまっちゃうよ」

悠斗はそう言うけれど、運動会が始まるまではまだ時間がある。でもそんなことを悠斗に言っても無駄だろうと、彼の前にしゃがみ込んだ。

「悠斗、ごめんね。今度からは気をつけるね」

「うん、そうして。たっくん、いくよ」

悠斗は私と手をつないでいた貴斗の腕を引っ張り、幼稚園へ入っていく。先生に「おはようございます」と言ったかと思えば「ほら、たっくんも」なんて偉そうにお兄ちゃんぶりを発揮しているから、貴悠さんと顔を見合わせて笑ってしまった。

「子どもの成長には驚かされるな」

「そうですね。頼もしく思い、でもちょっと寂しくもあり……ってところです」

まだ親離れ子離れするには早いけれど、いつかそんな日がくるのかと思うとしんみりしてしまう。

「貴悠さん……」

「なにも寂しくないだろう。大丈夫だ、美尋には俺がいる」

その気持ちだけで十分。まだまだ先のことを考えて、しゅんとしていたって仕方がない。

ありがとうの気持ちを込めて貴悠さんににっこり微笑んだ——次の瞬間。

貴悠さんの顔が近づいてきた。もしかしてこれは！

そう思ったのと同時に、手で自分の口もとを覆い隠す。間一髪で、貴悠さんのキスを回避する。

「どこだと思ってるんですか」

そう声を大にして言いたいところだけれど、ここは我慢して小声で物申す。

「幼稚園の前だな」

「だから……」

それがダメなのに。でも貴悠さんにはなにを言っても通用しないかと、ため息まじりに項垂れる。辺りを見渡せば、ちらほらと人が集まってきていた。

「とにかく、そういうことは家に帰ってからにしてください」

「美尋はいつもそれだな。まあいい、わかった。今晩を楽しみにしておけ」

貴悠さんは私にそう耳打ちして、満足げに微笑んだ。

『今晩を楽しみにしておけ』だなんて、私がキスをせがんでいるような言い方はちょっと納得できないんですけど……。

でも今は、そんなことを気にしている場合じゃない。なによりも運動会が先決だと、貴悠さんを連れて保護者席のある園庭へと向かった。

今日悠斗と貴斗が参加するのは、ダンスと玉入れ、それに親子競技のデカパン競争。デカパン競争とは、大きいパンツを親子ふたり履いて走る運動会の定番競技。悠斗と貴斗はクラスが別々で出る順番も違うから、ふたりとも貴悠さんが一緒に走ってくれることになっている。というより「俺がやる！」と自ら走者役を買って出たのだ。

今日の私に出番はなく、カメラマンに徹するのみ。シャッターチャンスを狙いながら今か今かと待っていると、園庭に子どもたちが出てきて、開会の挨拶で運動会が始まる。

演目はダンスからスタートで、いきなり悠斗と貴斗の出番だ。ふたりは私と貴悠さんを見つけると手を振り、かわいいことこの上ない。手を振り返すのに一生懸命で、ふたりの頑張っている姿を目に焼きつけておこうと写真を撮るのはそっちのけだ。

でも隣で貴悠さんがビデオカメラを回してくれていて、胸の奥が幸福感で満たされた。

まさか、こんな日がくるなんて……。

一度は悠斗と貴斗をひとりで育てると決めたけれど、不安がなかったわけじゃない。

自分で選択したこととはいえ、子どもたちに父親がいない、寂しい思いをさせていることに負い目を感じたのも一回や二回ではなかった。

だから余計に身に染みるというか、うれしくなってしまう。

目に涙をうっすらためていると、そんな私に貴悠さんが気づいたようだ。

「どうした？　ふたりを見て感動した？」

「ま、まあ、そんなところです」

ハンカチで涙を拭い、苦笑してみせる。本当は違うけれど、正直に話すのは恥ずかしい。

でも彼は私の心の中を見透かしているように微笑み、私の肩を軽く抱き寄せた。

貴悠さんを見て、涙ぐんでいたなんて……。

「貴悠さん？」

場所をわきまえてくださいというように、目を向け頬を膨らませてみせる。

「みんな子どもに夢中で、俺たちなんて見ていない。それに夫婦なんだ、肩を抱くくらい問題ないだろう」

貴悠さんのことだから、そう言うと思ったけれど。

彼は恥ずかしげもなく言ってのけると、私の顔を覗き込んでニヤリと笑う。いつもならここで諦めてしまう私だけれど、今日は違う。

「そんなこと言ってると、悠斗と貴斗のダンス終わっちゃいますよ？」

「え？　ああ、そうだった」

貴悠さんは慌ててビデオカメラを持って構えると、悠斗と貴斗に手を振ってこっちを見ろと合図を送った。それを見てふたりとも楽しそうに笑っている。やっぱり、血のつながった親子なのだ。

三人の幸せそうな姿に、思わず笑みがこぼれた。


運動会の競技はプログラム通り順調に進んでいて、貴悠さんが参加する親子競技の順番が回ってきた。「デカパン競争に参加する保護者の方は……」と呼び出され、貴悠さんが子どもたちのところへ向かった。

どこのお父さんお母さんも張りきっていて、うまく走れなかったり転んだりしている。でもそれも運動会の定番で、あちらこちらで大爆笑が起きる。

でも、貴悠さんは違った。

悠斗と並んで立つ姿は、まるでファッションショーのランウェイに登場したモデルように華やかなオーラをまとっていて、周りにいるお母さんたちは貴悠さんを見てうっとりしている。そんなことを知らない彼が私に手を振ると「キャーッ」と黄色い声援が上がり、さながら人気アイドルグループのライブ会場のよう。

走る姿も颯爽《さっそう》としていて、寸分たりとも足並みが乱れない。悠斗と息を合わせて上手に走りあっという間にゴールすると、会場内から大きな拍手が湧き上がった。

なんなの、この状況は……。

そのあとも貴悠さんはお母さんたちから話しかけられたり握手を求められたりしていて、私ひとりポカンとしていたのは言うまでもない。

幼稚園での初めての運動会が終わりマンションに帰ると、悠斗と貴斗は夜ご飯もそこそこに寝室へと向かう。元気が取り柄のふたりもさすがに疲れたのだろう、ベッドに入るとあっという間にぐっすり夢の中だ。

「ふたりとも、もう寝ちゃいました」

リビングに戻り貴悠さんにそう報告して、私はキッチンでコーヒーを淹れた。それを持って、ソファーに座っている貴悠さんの隣に腰を下ろす。

「はい、どうぞ」

「ああ、ありがとう。ところで美尋は、なんで機嫌が悪いんだ？」

貴悠さんはそう言うと私の手を引いて、自分のほうに引き寄せる。いきなりのことに体はバランスを崩し、彼の腕の中にすっぽりと収まった。そのまま腰に腕を回し入れられ、がっちりと押さえ込まれてしまう。

「あ、あの、貴悠さん。離してください」

「理由を話したら、考えなくもない」

「なんですか、その答えになっていないような答えは……」

目をぱちくりさせている私に、貴悠さんはにっこり微笑んだ。

「美尋、早く言わないと……」

そう言った次の瞬間、貴悠さんは私の首もとに顔を埋めた。首筋に彼の息がかかり、それだけで体は素直に反応してしまう。

「なにをして……あっ」

貴悠さんの潤いのある舌が首筋を這い、その熱い感触に漏れそうな嬌声を必死にこらえる。だって、ぐっすりと寝ているとはいえ子どもたちがいつ起きてくるかわからないから。

「ま、待って」

「待たない。言っただろ、今晩を楽しみにしておけって」

「あれは……」

私が、そう頼んだわけじゃない。しかし私の願いは受け入れてもらえるわけもなく、即却下されてしまった。

こうなった貴悠さんは、もう誰にも止められない。

「今夜は心ゆくまで美尋を抱きたい。家に帰ってからなら、いいんだろ？」

甘い声でささやき、貴悠さんはイジワルな顔をして私の服の裾から手を忍ばせる。

夫婦なのだから今さら慌てることもないのにひとりあたふたしていると、あっという間に着ていた服を逃がされて下着姿にされてしまう。リビングという場所が羞恥心を倍増させるけれど、彼が相手では成す術《すべ》がない。

かろうじて手で胸を隠すが、それも有無を言わさず剥がし取られた。

「無駄な抵抗は、よしたほうがいい」

艶のある声でささやくのと同時に耳を甘噛みされて、自然と声が漏れた……そのときだ。

「ママ～、おトイレ～」

これから愛し合うところだったのに……って、そんなことより、今のこの状況をどうにかしないと。

慌てて服を着ると、なにごともなかったようにソファーに座る。もちろん貴悠さんも私の隣に座っていて、いつも通りの落ち着いた貴悠さんだ。

そうこうしているうちに、貴斗がリビングにやって来た。私が立ち上がろうとすると、それを貴悠さんに手で阻止される。

「貴斗は俺がついていくから、美尋は準備をしておいて」

「準備……ですか？」

そう言われても、今さらなんの準備をしたらいいのかわからない。お風呂は二十四時間いつでも入れるし、ベッドメーキングも完璧だ。それ以外こんな時間に準備することがあるのかと首をかしげる私の耳もとに、貴悠さんが顔を寄せる。

「本気で俺に抱かれる準備だ。そろそろ三人目が欲しい。いや、四人目が一緒でもいいな」

「えぇ!?」

素っ頓狂な声を出す私を見て、貴悠さんが「冗談だよ」と言って楽しそうに笑う。でもその目はどこか真剣味を帯びていて、貴悠さんの言うことはまんざら冗談でもなさそうだ。

でもそれって、また双子ってこと？

妊娠することだって奇跡なのにまた次も双子だなんて、貴悠さんはなにを考えているのやら。もし妊娠したとして次も双子かどうかは神のみぞ知ることで私たちには決められないけれど、でもそれはそれで賑やかになっていいのかもしれない。

きっと彼となら、どうにかなると思えてしまう。貴悠さんとなら、どんなに大変でも幸せな毎日を過ごしていけるだろうと。

だったら答えはひとつ。

「貴悠さん。心の準備、しておきますね」

私の声に、貴斗を連れてリビングから出ようとしていた貴悠さんが振り返る。驚いたような表情を見せる貴悠さんに満面の笑みを贈ると、また彼もすぐに柔らかな笑顔を返してくれた。

今よりもっともっと幸せに。ずっと、永遠に……。

END

あとがき

こんにちは、日向野ジュンです。はじめましての方も、いつも応援してくださっている方も、この度は数多くの恋愛小説の中から私の作品を手に取っていただき、最後までお付き合いくださいまして誠にありがとうございます。『医者嫌いですが、エリート外科医に双子ごと溺愛包囲されてます⁉』、楽しんでいただけましたでしょうか？

なんとこちらの作品、五年ぶりのベリーズ文庫となります。久しぶりすぎて皆さまの反応が気になるところではありますが、このような機会を与えられたこと感謝の気持ちでいっぱいです。

今作ですが、日向野としては初めて〝双子〟を書かせていただきました。ご存じの方もいらっしゃると思いますが、私生活でも貴斗と悠斗のような男の子の双子のママをしております。といっても、もう成人していますが（笑）。

作中の育児エピソードにはリアルな体験談も多く、当時のことを思い出しながらの執筆はとても楽しいものでした（そのせいで、時間がかかってしまったけれど……）。

子育てはひとりもふたりも関係なく大変なものですが、この作品を読んでクスッと笑っていただけたら幸いです。

今作は執筆中から大変ご迷惑をおかけしました。担当様方には多大なご配慮をいただき、とても心強かったです。加えて、愛らしい家族四人の素敵なカバーイラストを描いてくださった、わいあっと先生。今作に携わってくださった多くの方々に、心より感謝申し上げます。

そして何より、いつも応援してくださる皆さまに、この場をお借りしてお礼を。

本当にありがとう！　これからも、よろしくお願いいたします！

ではまた、皆さまにお会いできる日を信じて……。

日向野《ひなたの》ジュン

日向野ジュン先生への
ファンレターのあて先

〒104-0031
東京都中央区京橋 1-3-1
八重洲口大栄ビル7F
スターツ出版株式会社　書籍編集部　気付

日向野ジュン先生

本書へのご意見をお聞かせください

お買い上げいただき、ありがとうございます。
今後の編集の参考にさせていただきますので、
アンケートにお答えいただければ幸いです。

下記URLまたは二次元コードから
アンケートページへお入りください。
https://www.ozmall.co.jp/enquete/IndexTalkappi.aspx?id=2301

医者嫌いですが、エリート外科医に
双子ごと溺愛包囲されてます!?

2025年4月10日　初版第1刷発行

著　者　日向野ジュン

発行人　菊地修一
デザイン　カバー　アフターグロウ
フォーマット　hive & co.,ltd.
校　正　株式会社文字工房燦光
発行所　スターツ出版株式会社
〒104-0031
東京都中央区京橋1-3-1　八重洲口大栄ビル7F
TEL　03-6202-0386（出版マーケティンググループ）
TEL　050-5538-5679（書店様向けご注文専用ダイヤル）
URL　https://starts-pub.jp/
印刷所　株式会社DNP出版プロダクツ

Printed in Japan

ISBN 978-4-8137-1729-4　C0193

ベリーズ文庫 2025年4月発売

『結婚不適合なふたりが夫婦になったら―女嫌いパイロットが鉄壁妻に激甘に!?』 紅《くれない》カオル・著

空港で働く史花は超がつく真面目人間。ある日、ひょんなことから友人に男性を紹介されることに。現れたのは同じ職場の女嫌いパイロット・優成だった！　彼は「女性避けがしたい」と契約結婚を提案してきて!?　驚くも、母を安心させたい史花は承諾。冷めた結婚が始まるが、鉄仮面な優成が激愛に目覚めて…!?

ISBN978-4-8137-1724-9／定価825円（本体750円＋税10%）

『悪辣外科医、契約妻に狂おしいほどの愛を尽くす【極上の悪い男シリーズ】』 伊月《いづき》ジュイ・著

外科部長の父の薦めで璃子はエリート脳外科医・真宙と出会う。優しい彼に惹かれ結婚前提の交際を始めるが、ある日彼の本性を知ってしまい…!?　母の手術をする代わりに真宙に求められたのは契約結婚。悪辣外科医との前途多難な新婚生活と思いきや――「全部俺で埋め尽くす」と溺愛を刻み付けられて!?

ISBN978-4-8137-1725-6／定価814円（本体740円＋税10%）

『離婚計画は白紙です！～男嫌いなかりそめ妻はカタブツ警視正の甘い愛に陥落して～』 田崎《たさき》くるみ・著

過去のトラウマで男性恐怖症になってしまった澪は、父の勧めで警視正の壱夜とお見合いをすることに。両親を安心させたい一心で結婚を考える澪に彼が提案したのは「離婚前提の結婚」で…!?　すれ違いの日々が続いていたはずが、カタブツな壱夜はある日を境に澪への愛情が止められなくなり…！

ISBN978-4-8137-1726-3／定価814円（本体740円＋税10%）

『極氷御曹司の燃える愛で氷の女王は熱く溶ける～冷え切った契約結婚だったはずですが～』 にしのムラサキ・著

名家の娘のため厳しく育てられた三花は、感情を表に出さないことから"氷の女王"と呼ばれている。実家の命で結婚したのは"極氷"と名高い御曹司・宗之。冷徹なふたりは仮面夫婦として生活を続けていくはずだったが――「俺は君を愛してしまった」と宗之の溺愛が爆発！　三花の凍てついた心を溶かし尽くし…

ISBN978-4-8137-1727-0／定価825円（本体750円＋税10%）

『隠れ執着外交官は「生憎、俺は諦めが悪い」とママとベビーを愛し離さない』 白亜凛《はくありん》・著

令嬢・香乃子は、外交官・真司と1年限定の政略結婚をすることに。愛なき生活が始まるも、なぜか真司は徐々に甘さを増し香乃子も心を開き始める。ふたりは体を重ねるも、ある日彼には愛する女性がいると知り…。香乃子は真司の前から去るが、妊娠が発覚。数年後、ひとりで子育てしていると真司が現れて…！

ISBN978-4-8137-1728-7／定価825円（本体750円＋税10%）